そろそろ関係を
一歩先に進めないか？

Contents

妹にすべてを奪われた令嬢は婚約者の裏切りを知り回帰する

上

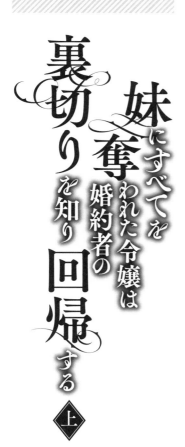

0、裏切りを知る

「彼が本当に貴女《あなた》を愛してると思ったの？」

愛くるしい顔をした妹、カルミアが愉悦《ゆえつ》の表情を浮かべて私の耳元で囁《ささや》いた。

妹に飲まされた毒によって侵《おか》された身体《からだ》は、もうわずかにしか動かすことができず、呼吸が浅くなり、まるで溺れかけているかのように息が苦しい。

日が沈みかけた暗い森の中は寒く、降る雨は肌を刺すように冷たい。そんな中、濡《ぬ》れ鼠《ねずみ》のように雨と泥でぐちゃぐちゃになって地に伏せた私を、傘をさしたカルミアは冷え切った薄青の瞳で見下ろしていた。

カルミアの口角は上がっていて、目には隠しきれない憎悪《ぞうお》と優越感、そして勝利を確信した光が浮かんでいた。

彼女の後ろにはいつもの取り巻きではなく、雇われの傭兵《ようへい》らしき人達が立っている。

チラリとそちらに視線をやると、彼女はお気に入りのリボンを編み込んだ金の髪をふわり揺らし、微笑《ほほえ》んだ。

「なぜ……こんな……ことを？」

「邪魔だからよ。お姉様さえいなければすべてが私のものになるのよ？　ヴュート様と私。英雄と聖女。最高の組み合わせでしょう？　彼は私と結婚するんだから、もう諦《あきら》めて死んでくれたらいいの。……分かっているでしょう？　彼の気持ちはもう貴女にないってことくらい」

信じられない思いで彼女を睨《にら》みつけると、カルミアはふっと口元を歪《ゆが》めた。

「お姉様にはしばらく手紙も来ていないんじゃない？　私にはこんなに来ているけれど」

そう言って、カルミアの宛名が書かれたいくつもの封筒を口元で扇《おうぎ》のように広げた。

見覚えのありすぎるヴュートの筆跡と、見せつけられた現実に言葉を失う。

婚約者である私には、ここ二年の間、手紙など一通も届いていないのに……。

にっこりと微笑んだカルミアは、その中の一枚を出して、読み始めた。

「愛するカルミアへ。早く君に会いたい。この遠征が終わって帰還した暁《あかつき》には、君と婚約できるよう真っ先に君のお父上にお願いしにいきたいと思っている。フリージアのことは……」

「やめてっ……！」

読み上げるカルミアを遮《さえぎ》って小さく叫べば、それだけでさらに呼吸が苦しくなる。

「ふふ……ほら。これはもういらないって」

そう言って目の前にポンと投げ出されたそれに、全身がザワリと総毛立つ。

「……っ」

「お姉様が小さい頃、刺繍《ししゅう》して彼に渡したハンカチと、お守りのフィリグランでしょう？」

そう言って目の前で踏みつけられた、歪んだ金細工のフィリグランと泥で汚れたハンカチに言葉も出ない。

フィリグランは本来ボタンとして使われるものだが、彼に渡したのはお守り代わりにリボンで飾ったものだ。

幼い頃、騎士に憧れる彼に渡したそれは、当時の私の想《おも》いを込めたものだ。

『怪我《けが》をしないで』

『元気でいて』

『無事に帰ってきて』

祖母から教わったたくさんのおまじないとお守りの紋様《もんよう》。

小さい頃から父に誉《ほ》めてほしくて必死で練習したけれど、それを父が受け取ってくれることはなかった。

彼との婚約が内定した時、将来の家族ができるという不安の中、小さな希望に縋《すが》り付いた。

また家族に疎《うと》まれたらどうしよう。でも、もしかしたら……そう思いながら渡した刺繍のハンカチ。

それを受け取ってもらえた時の気持ちを言葉になんてできない。

震える手から彼が受け取ってくれたのはただのハンカチではない。

私の想いそのものだ。

『ずっと大事にする』

夜空のようなダークブルーの瞳を優しく細めてそう言ったヴュートの言葉は、思い出は……ぐちゃぐちゃに踏み荒らされ、泥だらけだ。

「彼が私に渡してきたのよ。お姉様に返してくれって。他にもほら、こんなに」

そう言ってカルミアは私が彼に今まで贈ったプレゼントを目の前に落とし、踏みつけた。


ヴュートが十三歳、私が九歳の時に婚約してから九年。

お互いの商売のためにまとめられた縁談だとは聞いていた。

ヴュートのシルフェン公爵家と私のソルト公爵家とは、経済上の大きな繋《つな》がりがある。

シルフェン家は大きなダイヤモンド鉱山を所有し、ソルト家は優れた宝石の加工技術を持つ技術者を有しており、アクセサリーの販売を国内外に幅広く展開している。

政略結婚と分かっていても、今まで彼に贈ったプレゼントはすべて心を込めて贈っていた。

私だけが彼に心を寄せていたとしても、この婚約が愛とは関係ないとしても、それでも……彼だけが私の生きる理由だった。

「お姉様、彼が愛してるのは私だって、本当は気付いているんでしょう？」

愉悦に顔を歪める妹の言葉に、身体が強張《こわば》る。


「フリージア！」

聞き覚えのある声が空気を揺らす。

「マクレン……？」

ぼやける視界の中、金の髪にエメラルドの瞳の青年が数人の男性に連れられてやって来た。

頬《ほお》に傷のある男が、得意げにマクレンをこちらに投げ出す。

「指示通り、捕《と》らえてきたぜ」

「カルミア嬢！　こんなことをするなんて……正気の沙汰じゃない」

私の横に放り出された彼は、妹を睨みつけた。

彼はこんなところにいるはずのない人間だ。

だって彼の恋人のオリヴィアは今まさに病に侵され、死の淵《ふち》に足を踏み入れようとしているのだから。

「オリヴィアは……？」

「彼女は、最期《さいご》まで君を心配していた……」

「ダメ……だったのね……」

彼女はたった一人の私の友人で、唯一心を許せた人だった。

彼女も私も家族に恵まれない環境だったけど、私と違って常に前向きな彼女が眩《まぶ》しかった。

けれど彼女は流行《はや》り病に倒れ、最期にはベッドから動けなくなった……。

「貴方《あなた》は最期まで……ヴィアの側《そば》にいてくれたのね……」

眉根を寄せながらも、微笑むことでそれを肯定した彼に胸が締め付けられる。

マクレンはいつも家族の態度に心を痛めていたオリヴィアの理解者であり、心の拠《よ》り所《どころ》だったはずだ。

だからこそ二人で幸せになってほしかった。

最期まで私を心配してくれたオリヴィアの心に、そして彼女を失った寂しさに涙が溢《あふ》れる。

「あらあら、唯一のお友達もいなくなって、婚約者も離れ、お父様、お母様、お祖母様でさえ貴女を見放している。すべてを失ったお姉様にこれ以上生きている価値なんてあるかしら？」

愉快で愉快で堪《たま》らないといった様子のカルミアは、私を冷たい目で見下ろし小さく笑った。

「早く死んで、私に〝それ〟を頂戴」

「〝それ〟……？」

「やだ、やっぱり、知らなかったのね。貴女が日輪の魔女でしょう？」

「え……？」

思いもしないその言葉に身体が凍りつく。

「そんなの……知らないわ。私が死ぬこととなんの関係が……」

「いいのよ、とりあえず死んでくれたら」

「本当だとして……も……私が死んだからと……いって、〝それ〟が貴女の……ものになるかなんて……分からないじゃない……」

朦朧《もうろう》とする意識の中、自分の声も彼女の声も遠くに聞こえる。

「そんなの、やってみなくちゃ分からないじゃない。貴女が死んで証明してくれたらいいのよ。ヴュート様も、〝それ〟も、貴女の持っているものは私が全部もらうわ」

本当に幸せそうに微笑む妹が、ただただ恐ろしい。

「お姉様はここで『恋人』と心中するの。ヴュート＝シルフェン小公爵という立派な婚約者がいながら、他国の平民の留学生と恋に落ちた。結ばれないと分かっている二人は死を選ぶのよ」

「彼は……マクレンは恋人ではないわ」

「そんなのどうでもいいの、事実なんて関係ないわ。シチュエーションが大事なのよ。貴女が完全な悪役にならないと、私とヴュート様は思い合っていても結ばれないもの。ただ死んだんじゃ喪に服す時間がいるじゃない？」

そう言ってカルミアは私の顔を覗《のぞ》き込む。

「貴女が彼を裏切ったという明確な材料が欲しいのよ」

その言葉に、その瞳に宿る仄暗《ほのぐら》さに言葉が継げない。

「大丈夫。そんな心配そうな顔をしないで。隣の彼も貴女と同じ毒ですぐ一緒に逝《い》くわ。ふふ……やだ、笑いが止まらない。ふふふ。あははは！」

笑いながらカルミアが、私の左手に手を伸ばす。

「これも、もういらないでしょう？」

そう言ってヴュートと婚約式で交換した揃《そろ》いの指輪は私の薬指から外された。

抵抗する力も、気力も残っていない。

濃紺のサファイアと紫水晶《アメジスト》。お互いの瞳の色を模した宝石が嵌《は》められた指輪が鈍く光る。

目の前に落とされた指輪をガツンと踏みつけられた音が耳の奥に響いた。

「さあ、お別れの時間よ」

閉じた瞼《まぶた》の裏に最後に浮かんだのは彼の笑顔だ。

「……ヴュー……」

1、回帰する

視界を覆うような強烈な光で目が眩《くら》んだ。

「っ……!?」

神殿のステンドグラスから降り注ぐ光は、太陽の光を透かしたものではない。

《聖女》の祈りに応えた神からの祝福の光だ。

天井近くの壁に取り付けられたそれは、太陽を模したような金枠に七色のガラスが用いられている。繊細な細工が表すのは《女神の紋》で、この国のみならず世界で崇《あが》められている太陽神・ディーテの女神像を照らしている。

「今日の女神の祝福もなんと素晴らしいことか……。カルミア＝ソルト様は本当に神々《こうごう》しくていらっしゃるわ」

「ソルト家は本当に色濃く聖女の血を受け継いでいるんだな。祖母のマグノリア様も優秀な聖女だったしなぁ」

「これで日輪の魔女様もいらっしゃれば、完璧なのに」

「いや、カルミア様ならその可能性もあるぞ。あぁ、本当になんてお美しいんだ」

神殿に仕える神官達が、祈りを捧《ささ》げる妹をうっとりと見つめている。

女神像の足元に膝を突き、降り注ぐ光を浴びるカルミアは、その金の髪の一筋一筋からまるで発光しているかのようだ。

見覚えのありすぎるその光景に、思考が停止する。


——私は死んだはずなのに……。


今までの出来事が全部夢だなんて到底思えない。

だってあの生々しい感覚を身体が覚えている。

呼吸ができなくなり、まるで溺れたかのように空気が肺に入ってくれない苦しさも、身体に叩《たた》きつけられる雨の冷たい痛みも、耳にこびり付く妹の笑い声もすべて。

そのすべてがたった数秒前のことで、身体は今も震えている。


「お姉様。お祈りはもう終わったわ。早く帰りましょう」

周りの神官達に天使の笑顔を振り撒《ま》いたその笑顔のまま、カルミアが私を見る。……その目は笑っていないけれど、先ほどの地に伏した私に向けられていた激しい憎しみは感じられなかった。

あまりの急激な変化に妹の顔をまじまじと見つめると、その顔は先ほどまで私を見下ろしていた彼女より明らかに幼い。

「お姉様？　私早く帰りたいんだけど。明日はライール侯爵令嬢の結婚式があるから、新調したドレスや小物の確認で忙しいの。招待されていないお姉様と違って暇じゃないのよ」

カルミアは髪に編み込んだお気に入りの水色のリボンをくるくる指で弄《もてあそ》びながら苛立《いらだ》ったように言った。

え……？　ライール侯爵令嬢の結婚式は二年前だったはず……。

困惑のあまり顔を振ると、ふと……横にあった大きな鏡が目に入る。そしてそこに映る自分の姿に目を見張った。

十八歳だったはずの自分も少し幼くなっている。

「……そうね。……帰り……ましょう」

混乱した頭でなんとか言葉を返した私に、妹は「はぁ？」とため息をつき、神官達も冷ややかな視線を向けた。

「違うわ。帰るのは私。お姉様は後片付けをよろしくね」

そう言って、彼女は外に待たせているであろう馬車のほうに神官達と消えていった。

一人ぽつんと残された神殿の中で、呆然《ぼうぜん》と女神像を見つめる。

「……時間が……戻ったの……？」

当然誰からも返事があるわけではないけれど、言葉が口から出てしまう。

放心状態でも身体は慣れた動作を覚えているようで、神事に使う神具を手に取り、片付けを始める。

神具は五種類。水晶や魔石などを加工した台座に乗せられているそれらを、金細工の箱に一つずつ収めていく。

神具は毎回決まった場所に置かれるわけではない。

女神像を取り囲むように描かれた多数の《紋》と古代文字の場所と意味を把握し、儀式を行う日の星の動きや太陽の位置によって場所を変えなければいけない。

だから神具の位置や向きは、儀式ごとに毎回異なるのだ。

神具を一つ一つ仕舞いながら、私の視界は滲《にじ》み始めた。

またこの世界で、望まれない存在として生きていかなければならないのか。

家族からは冷遇され、妹のサポートばかりして自分の時間を確保することすらままならず。

そうやって《聖女》と言われる妹のために努力しても……結局、「妹の才能に嫉妬する見苦しい姉」と言われるのだ。

唯一の心の拠り所だった婚約者さえも妹に心を移し、私には手紙も寄越さなくなった。

——お姉様が日輪の魔女でしょう？

死の間際《まぎわ》、カルミアが言った言葉が頭の中をこだまする。

「……貴女を心から崇拝したことなどないけれど、やり直す機会をくれたことには感謝をするわ……」

そう言って私は、女神ディーテ像を見つめた。

女神が口元に浮かべる微笑みが、私を馬鹿にしているようにも見える。

これからは従順な貴族令嬢になんかならない。

手紙も寄越さない恋人をひたすら待ったりなどしない。

いつか妹に心奪われる人などいらない。

愛してくれない家族に執着したりしない。

左手の薬指に嵌めていた指輪を外し、腰に着けていたシャトレーンケースに仕舞う。

私は……私の人生を自分のために生きていく。

＊　＊　＊

「フリージア！」

神事の後片付けをして実家のソルト公爵家に帰り、自室に戻ろうとしたところで祖母に声をかけられた。

開け放たれたリビングには義母のターニャとカルミア、祖母の三人が座っている。カルミアの新調したドレスの話をしながらお茶を楽しんでいたのだろう。

私のドレスは亡くなった母の残した数少ないドレスをリメイクしたものだけだが、父も義母もカルミアには湯水の如《ごと》くお金を使う。

今月も何着新しくドレスを作ったか分からない。それに合わせるアクセサリーもだ。

私と同じ銀髪に紫の瞳を持つ祖母が、立ち上がりこちらに近付いてきた。

「帰ったのに挨拶もなしだなんて」

少し釣り上がった目をさらに吊《つ》り上げ、身体が竦《すく》むような冷ややかな声で言い放つ。

昔は優しい祖母だった。表情も穏やかで、いつも柔らかい笑みをこちらに向けていた。

一体いつから変わったのか……。

思い出せるのは私が九つの時、義母と妹がソルト家に来て、カルミアが《聖女》認定を受けた頃からのことだ。

祖母だけではない。

彼女が来てからというもの、友人が一人、二人と離れていき、そのうち私が《聖女》であるカルミアに嫉妬して虐《いじ》めているという噂《うわさ》が広がり始めた。

最近ではどこに行っても『聖女を虐める姉』、それでいて妹の威光に縋り付くため、彼女の後をついて回っているという目で見られている。

「フリージア、聞いているの？」

祖母のきつい口調に現実に引き戻される。

「ただ今戻りました」

「カルミアのアカデミーの課題は終わったの？」

「はい。済ませてあります」

「そう。課題がきちんとできているか確認しに、後で貴女の部屋に行きますからね」

「はい……」

チラリと妹を見ると、こちらには無関心なようで、数種類並んだケーキや焼き菓子を次々に頑張っている。

新しいドレスの話に花を咲かせながらアフタヌーンティーを楽しんでいる妹と、彼女の神事の手伝いに彼女の課題までこなしてなお、叱責《しっせき》される私……。

私は学費がもったいないとアカデミーの試験すら受けさせてもらえなかったのに。

……やってられないわね。

ため息と共に小さく呟《つぶや》いて部屋に戻った。


机の上には妹の学生カバンに教科書、ノートが置いてあり、思わずカバンの校章に触れた。

『ウォーデン国立アカデミー』。国内外から身分を問わず優秀な人材を集めた学園だ。

貴族の中でもこのアカデミーに通うことはステータスとなっているが、平民も入学できる。

というのも、アカデミーには身分を問わず優秀な人材を育てるための奨学金制度があり、さらには卒業時、各学部において首席で卒業すれば三千万レニーという額の褒賞《ほうしょう》がもらえるのだ。

一般的な平民ならば家族が五年は遊んで暮らせる額のそれは、学校から首席卒業者へのいわば投資だ。

それを使って平民では手の届かない研究用の道具や高価な書籍を購入する者や、王都で勉強や研究、仕事を続けるための家を買う者もいる。

「褒賞金……」

思わず呟いた。

――これしかない。

この家にいても自分の思ったように生きることは不可能だ。

何がどうして時間が巻き戻ったのかは分からないが、一度しかなかったはずの人生をやり直せるのだ。

どうせヴュートに捨てられるくらいなら、さっさと婚約破棄をしてアカデミーに入り、首席での卒業を目指そう。

そして褒賞金を持ってこの家を出て、自分の生活基盤を新たに作るのだ。

父と義母は、私のことをなんの役にも立たない娘と罵《ののし》り、祖母はカルミアはとことん甘やかすくせに、私には公爵家の長女にふさわしくないと、理不尽としか思えない厳しさで当たる。

そんな様子を見ているから、使用人達すら私をいないものとして扱い、着替えやヘアセットなどの身支度から部屋の掃除や簡単な洗濯など、普通の貴族令嬢なら当然やってもらえることまで、すっかりできるようになってしまった。

そしてカルミアにとって私は便利屋以外の何者でもない。

……この家で息を潜め、おとなしく言われるがまま暮らしても、いつかは妹に殺されるのだ。

《日輪の魔女》の力が私にある以上。

妹は死んでいく私に寄越せと言ったけれど、《日輪の魔女》の能力は受け渡しなどできるのだろうか。

『やってみなくちゃ分からない』

そう言った彼女はどこか自信ありげで、思いつきで言ったようには見えなかった。


本棚にある古びた絵本を手に取る。

《日輪の魔女》は、この大陸に住む者なら誰でも知っている言い伝えだ。

昔、太陽神ディーテと冥界神レヘムが喧嘩《けんか》をして、太陽神を閉じ込めてしまった。

数か月、世界は夜に覆われ、濃くなった魔素《まそ》は魔の森を作り出し、そこから生まれた魔物が跋扈《ばっこ》し始める。

作物は枯れ、川は汚れ、動物達は数を減らし、病気が蔓延《まんえん》し、人々は生き残るための奪い合いの戦争を始めた。

そんな中、一人の魔女が占いによって太陽神を探し出した。太陽神は助けてくれた魔女にたくさんの魔法の《紋》を授ける。

それがこの世界の《紋》で生み出す魔法の始まりだった。

世界に広がった魔素は彼女の織りなす《浄化の紋》と浄化魔法により昇華され、少しずつ平和を取り戻し、太陽の光を取り戻した彼女は《日輪の魔女》と呼ばれるようになる。

しかし、《浄化の紋》は彼女にしか作ることができなかったため、世界に広がった魔素や病気はとても浄化しきれない。

そこで太陽神は魔女の弟子達に浄化魔法の力を与え、《日輪の魔女》が作った《紋》を持って各地を浄化していく役目を与えた。

各地に散らばった魔女の弟子達は、足を運んだ各土地に平和を取り戻していき、《聖女《せいじょ》》《神子《みこ》》《聖人《せいじん》》などと呼ばれた。

しかし、魔女にも弟子達にも寿命がある。

浄化しきれない世界を心配する人間達に女神は、魔女の死後も力を受け継ぐ者が生まれるようにした。

ここまでが言い伝えなのだが、

「でも、約百年前から日輪の魔女は新しく生まれていないと聞いたけど……」

《日輪の魔女》の能力を受け継ぐ者は、どの時代にも世界にただ一人しかおらず、かつては《日輪の魔女》が亡くなったその時に、新たな《日輪の魔女》が生まれると言われていた。

魔女の弟子にあたる《聖女》や《神子》は同時に複数人存在するが、それでも各国に一人いるかいないかというごく少数に限られる。

しかし今この国には二人の《聖女》がいる。

祖母とカルミアだ。

祖母は過去に大きな魔素溜《だ》まりの浄化に行った際、無理をしすぎたせいで《聖女》としての力が弱くなったが、それでもその後も《聖女》としての役割をある程度、果たしていたそうだ。

だがカルミアが現れたことにより、彼女に役目を引継ぎ、祖母は引退した。

あの死の間際、カルミアは私を《日輪の魔女》と言ったけれど、自分ではまったく自覚がない。

何をもってそう言ったのか……。

「街の書店では日輪の魔女に関する資料なんて絵本ぐらいしかないけれど、アカデミーに行けば歴史的な文献や研究資料もあるはずだわ。まずは日輪の魔女についての知識を得なくてはなんの対策も取れないもの」

カルミアはいつ、私を《日輪の魔女》だと思ったのか。あの死から二年前の今なら、おそらくまだそうは思っていないはずだ。

カルミアから距離を取って、気付く時間を遅らせて、その間にアカデミーの首席卒業を目指さなくては！

考えること、やることは山積みだが、アカデミーの首席卒業は雲を掴《つか》むような話ではない。

というのも以前カルミアの担任教師が屋敷を訪れた際、宿題も課題も優秀で首席卒業の可能性が高いと言っていたのを聞いたのだ。

その課題や宿題はすべて、カルミアに代わって私がやったもの。

それなら編入試験も問題ないはずだし、学園できちんと学べば私の首席卒業の確率も上がるはず。

「この家を出られる……」

自分の存在価値を疑うような、こんな息苦しい家から出られるかもしれない。

パタンと絵本を閉じ本棚の端に戻すと、その隣に置いてあるボロボロの本が目についた。

『ガイゼル旅行記』

まだ母が生きていた頃、幼い私に祖母がくれた本だ。

パラパラとめくった本の中には冒険家ガイゼルが訪れたという場所が色鮮やかな色彩で描かれている。

光り輝く洞窟に、炎の絶えない谷。子供の心をくすぐる場所がたくさん載っていた。

「私も行ってみたい！」と幼い頃、母と祖母に楽しく話していたのを思い出す。

母の笑顔も、祖母の笑顔も……もう二度と触れることのできない思い出に涙が滲む。

「行ってみようか……」

昔憧れた世界に、この閉ざされた自分の世界から……。


「入りますよ。フリージア」

ノックの音がして祖母が入ってきた。

慌てて『ガイゼル旅行記』を閉じて机の上に積み重ねていた本の間に挟むが、ボロボロの本はそれだけで目立つ。

祖母がチラリとその本に視線をやったようにも見えたが、特に何か言われることはなかった。

代わりにかけられたのは、いつもと同じ冷たい声。

「カルミアの課題はどれ？」

「これです」

仕上げた課題を渡すと、祖母はそれを隅から隅まで確認し、「いいでしょう」と、机に置いた。

「今日はこれをやりますよ」

そう言って祖母が取り出したのは、古代文字で書かれた魔法書。

祖母は私如きに家庭教師は必要ないと言って、自ら勉強を教えている。

今日はカルミアの神事があったのでまだいいが、普段は朝からびっしりカリキュラムが組まれていて、教え方もスパルタだ。その時間のなんと苦痛なことか……。

しかも祖母が教えるのは、魔法や《紋》だけではない。星見を始めとする天文学から始まり地質学、周辺国を含めた地理や歴史に地政学などその内容は多岐にわたる。

『聖女を支える姉として必要な知識』だと言うが、カルミアがそれらを学んでいるところなど見たことがない。

しかし祖母ももう五十歳を超えている。可愛《かわい》くもない孫への指導は肉体的にも精神的にも負担が大きいだろう。

私がアカデミーに通えば、その負担はなくなる。祖母にとっても悪くない提案なはずだ。

「お祖母様……私もウォーデン国立アカデミーに通いたいと思うのですが……」

唐突に言った私の言葉にぴたりと手を止めた祖母は、顔色を失くした。

「貴女がそんなところに行く必要なんてありません！　貴女には聖女の姉としてすることがたくさんあるでしょう？」

《聖女》の姉として？

「アレは私の仕事ではなく、本来ならカルミア自身が行うことのはずです」

「いいえ。貴女が彼女の手伝いをしないと、誰があの子を支えてやるの？」

では、誰が私を支えてくれるの⁉

私は妹を支えるためだけに存在しているの？　そうやって支え続けた挙句、すべてを奪われて殺されるのに⁉

あの子には、愛してくれる家族も、友人もたくさんいる。

けれど、私は支えてくれる人どころか……どこまでいっても独りぼっちだ。

「私は……！」


「お祖母様、お姉様。何をそんなに大きな声を出してらっしゃるの？　終わった課題を取りにきたんだけど？」

カルミアが可愛らしい顔に眉根を寄せ、何事かと私の部屋に入ってきた。

「あぁ、カルミア。なんでもないのよ。はい、これ。きちんと明日持って行けるようにしておくのよ。週明けにはまた魔物討伐の前線まで騎士様の慰問に行くんでしょう？」

「ありがとう、お祖母様。十五歳になった途端これだもの。みんなのお手本にならなくてはいけないとはいえ、面倒臭くてしょうがないわ。アカデミーの課題だけでも、終わっててよかった」

本来なら《聖女》の仕事のため、追加でしなくてもよいものを、プラスにはなるからと提出しているそうだ。

やらなくてもいいなら押し付けないでほしいのに。

「ヴュート様の様子も見てきますね、お姉様」

表面だけの笑顔を貼り付けたカルミアは瞳に意地悪な光を宿して言い、クスクスと笑いながら課題を持って出て行った。

《聖女》に認定されると、月に一度の神事のほか、十五歳を超えると戦地や孤児院、病院など各地を慰問したりもするようになる。

といっても国中の浄化や結界、各土地の被害の回復に努める神事で膨大な魔力を消費するため、慰問の際には、よほどのことがない限り《聖女》の力が使われることはない。

ではなんのために行くかというと、弱きを助けるという神殿の広告塔として、《聖女》の存在を広くアピールし、国民の神殿への寄付を促すためだ。

半年前、十五歳になったカルミアは初めて騎士団の遠征先に慰問に行った。これから二年の間に何度か行われる《聖女》の慰問が、ヴュートとカルミアの距離を縮め、心を通わせる機会となったに違いない。

カルミアに向けたものとは打って変わって冷たい口調で祖母が告げる。

「フリージア、貴女にはこの家ですることがたくさんあるのだから、アカデミーに通う必要なんてありません。この話は終わりよ。気分が悪いから今日は授業はしないわ。復習でもしておきなさい」

そう言ってドアに向かって歩いて行く祖母の後ろ姿に、落胆していないと言えば嘘《うそ》になるが、反対されるのは予想していた。これぐらいでは諦めない。

アカデミーには奨学金制度もあるし、寮もある。何より、出身国も身分も問わない独立した施設として確立している。

だから奨学金を受けられるほど優秀であれば、家の許可がなくとも本人の意思で入ることが可能なのだ。黙って編入して、家を追い出されたって構わない。

公爵家の娘が奨学金なんてと笑われてもいい。

ずっとこの家で息を潜めて暮らし、いつか殺されることと比べたらそんなことなんでもない。

新しい世界で自分らしく生きていたい。

「……あぁ、それからあと一週間でヴュート殿の誕生日でしょう？　婚約者として彼にふさわしいプレゼントをきちんと用意して贈りなさいね」

祖母はドアの前でそう言って、こちらを振り向くことなく出て行った。

その言葉に一瞬固まった私の顔から乾いた笑いがこぼれた。

「はっ。……彼にプレゼント？」

もうそんなもの贈ったりはしない。

この世界に回帰してまだ数時間。

彼と妹に裏切られた現実を、生々しく身体が覚えている。

彼にプレゼントを贈る意味など少しもない。最後は無惨《むざん》に捨てられるだけだ。


死に戻る前の最後の記憶に震えていた私は、ハッとあの時に聞いた耐え難《がた》い話を思い出す。

二年前の今ならきっと、オリヴィアを救えるはず……。

部屋の鍵をかけ、引き出しから亡くなった母の残した小さなブローチを取り出す。

金でできたそれには、小さなエメラルドが嵌め込まれている。

机の上を片付けて、ブローチを小さな銀製の皿の上に載せた。そして皿の上のブローチだけを魔力で浮き上がらせる。

それは小さな頃、まだ優しかった祖母に教わった魔法。

かつてこの国を救った《日輪の魔女》が神から授かり、世界に広めたと言われる《紋》を使った魔法だ。今ではその効果も薄くなっていると言われているけれど。

空中に浮かべたブローチを、魔法で石と金に分離する。

熱で金だけを溶かし、指をくるくると舞うように動かしながら《紋》を編んでいく。

編み始めも、編む順番も、編み終わりも違《たが》えてはならない。

古《いにしえ》より伝わる魔法に、今ある魔力と……想いを込めて。

カチャンと小さな音を立てて落ちたそれは、雪の結晶のように真ん中を中心に対称的な模様を描いている。

最後に古代文字でオリヴィアの名前を刻み、小さなエメラルドを《紋》の裏側に嵌め込む。

「できた……。大事なお母様の形見だけど……あの子のために使うなら許してくれるわよね？」

そして、引き出しから真っさらな便箋とペンを取り出して少し考える。

「家を出るまでは、今まで通りおとなしくしておこうかしら……」

ヴュートにプレゼントは贈らないにしても、家族の前では従順なふりをしておくほうがいいかもしれない。

あと一か月ほどでアカデミーの編入試験がある。

「それまで邪魔をされてはたまらないもの」

2、届かなかった贈り物

死に戻りから半月後のある日、突如父に皆の集まるサロンに呼び出された。

なんでもシルフェン公爵家から手紙が届いたそうで、内容は『ヴュートとフリージア嬢の婚約について話し合いたい』というものだった。

さらにはヴュートも騎士団から領地に帰る時間がもらえたらしく、来週には彼らと会うことになったという。父は明らかに不機嫌そうだ。

回帰前にはなかった出来事に戸惑う。

誕生日にプレゼントを贈らなかったことが『婚約者としてふさわしくない』と私に見切りをつけるきっかけにでもなったのかしら。

そんな些細《ささい》なことで？　とも思うが、そもそも《聖女》であるカルミアに嫉妬して虐めているという噂が蔓延している私だ。些細なことを口実にしてでも婚約破棄をしたいであろうことは容易に想像できる。

婚約者を私からカルミアに代えたいなら、それで結構だわ。

むしろ喜んでサインしますとも。

そんなことを考えていると、いつも以上にピリピリしている父に睨みつけられる。

「フリージア。これはどういうことだ？　ヴュート殿から何か聞いているか？」

「いいえ。存じません」

そう答えると、横からものすごい剣幕で祖母が口を挟む。

「フリージア！　貴女、この結婚がどれだけ大事なことか分かっているの⁉」

「もちろんです、理解しております」

うちの商売には欠かせない結婚ですもんね。

そう内心悪態をつくも、もちろんおくびにも出さない。

「ねぇ、お父様、お祖母様。きっと何も心配いらないと思うわよ」

ふふふっと笑いながら、カルミアがのんびりとした声で言った。

「カルミア、何を言うんだ。一時的とはいえどわざわざ騎士団の任務から帰ってくるほどなんだぞ。ただでさえフリージアは悪い噂が出回っているんだ。万が一、婚約破棄だなんて話が出たら……」

カルミアが、ふふふと微笑みながら父に言う。

「そうなったら、私がお姉様の代わりに婚約者になればいいのよ。つい最近騎士団に慰問に行った時も、ヴュート様が『カルミア嬢は特別だ』って言ってくれたもの」

自分で言っておきながら「キャッ」と頬を染める妹を冷たい目で見つめる。

結構、結構。

すでにそういう関係だったのなら私の出る幕はなく、やはりひっそりアカデミーに通うのが最良の道だろう。

そう考えながらも、胸の奥に黒く、重たいものが溜まっていく。

カルミアの話を聞いた父は「そうだな。聖女というだけでなく、こんなにも愛くるしいお前なら誰もが花嫁に迎えたいと思うだろうな」とあっさり自己完結をし、もうこの話は終わりだと私に退室を促した。

ふと時計を見上げると十二時を指している。

「お父様。今日は王女殿下からお茶会に招待して頂いているので、今から王宮に行って参ります」

「王女殿下がお前をお茶会に？」

眉根を寄せた父が訝《いぶか》しげに言った。

それもそのはず。カルミアは頻繁にお茶会に誘われて外出するが、私は悪い噂のせいかお声の一つもかからない。まあ、かかっても行く気もないけれど……。

「え、ずるーい！　私も行きたい！　そういえば私、王女殿下のお茶会にまだ行ったことがなかったわ」

カルミアが、当然自分も行けるものだと、メイドに外出の準備をするよう指示を出す。

「でも、招待状は私宛だから。約束もなしに行くなんて無礼なことはできないわ」

「いいじゃない。妹にそんな意地悪をするなんて信じられない。この子は聖女よ。どこに行ったって歓迎されるに決まっているじゃない」

「その通りだ、フリージア。つまらん意地悪などせずカルミアと行ってこい。そんなふうに性根が腐っているからいつまで経《た》っても悪評が消えんのだ」

意地悪じゃないから。

当然の礼儀です。

王族に突撃訪問なんてありえない。

そう思いながらも、カルミアが言うことはすべて正しいと思っている父や義母に逆らうような真似《まね》はしない。逆らったところで話が通じる相手ではない。

とりあえず連れて行って、王宮に入れなかったらそれはそれで諦めて頂こう。その時私はどうすることもできないのだから。

王宮に着くと、門番が確認のため声をかけてきた
「本日はフリージア・ソルト嬢お一人と伺っておりますが」

真面目そうな門番に対して、カルミアはお気に入りのリボンをくるくると指で弄びながら笑顔を浮かべる。

「こんにちは、門番さん。急遽《きゅうきょ》私も参加させて頂くことになったのよ。私はカルミア・ソルト。聖女のお仕事もしているから入っても問題ないでしょう？」

問題ないわけなかろうが！

何その『聖女のお仕事もしてるから』って理由。

おかしかろう！

どんな緩い門番でもアポなしの人間を簡単に通したりするわけないじゃない！

と心でつっこむも、黙っておく。

「申し訳ございません。王女殿下に確認して参りますのでお時間を頂けますか？」

「なんですって？　私は聖女だって言ってるでしょう？　貴方自分の立場……」

あまりに子供じみた言葉にこちらが恥ずかしくなる。

「おやめなさい、カルミア。立場を振りかざすなら、それにふさわしい振る舞いをなさい」

「どういう意味よ」

「貴女がここでわがままを通して誰が一番被害を被《こうむ》ると思うの？　門番の騎士様はご自分の責《せき》務《む》をまっとうしていらっしゃるのであって、貴女に意地悪をしているんじゃないわ。ましてやここは王宮よ。勝手に貴女を通して首が飛ぶのは彼なのよ。それも物理的に飛ばないという保証はないわ」

「そんな言い方ってないわ！　お姉様ひどい！」

わあっと泣き出した妹に、門番は「カルミア様もご案内させて頂けるか聞いて参りますから」と、他の門番に後を任せて去っていった。

その時、私を睨みつけるのを忘れずに。

なんで私が睨みつけられるのよ！

今私、貴方を庇《かば》わなかった⁉

そう腹が立ちながらも、いつものことすぎてどうでもよくなる。

老若男女《ろうにゃくなんにょ》問わずいつだってこうなのだ。

私が何か言って、カルミアが瞳を潤ませただけですべて私が悪くなる。

幼い頃からの定番の流れに、もはやなんの疑問も浮かばない。


「何を騒いでいるの？」

そこに現れたのは、先ほどの門番を従えた燃えるような赤い髪の女性。

その人物こそ、オリヴィア＝ウォーデン第一王女だった。

カルミアがパッと顔を輝かせる。

「オリヴィア様ですね。私はソルト公爵家のカルミア＝ソルトです。この国の聖女をしています。本日は姉と一緒にお茶会に参加しようと思って来ちゃいました」

てへっ！　と小さく舌を出した妹に驚きすぎて言葉が出ない。

てへって何⁉　って言うか、その前の挨拶は何⁉

目上の人への挨拶に関しては口を酸《す》っぱくして言ってきたのに……平民でももっとちゃんと挨拶するわ。

っていうか、自分が王女より上の立場だと思って口を開いているように聞こえる。

慌てて、謝罪をしようと態勢を整える。

「申し訳ございません、殿下……」

彼女はスッと右手で私の言葉を制し、にこりと微笑む。

「ごめんなさい、カルミア嬢。今日は気の置けない友人との気軽な会と思っていたから、聖女である貴女を十分におもてなしする準備が整っていないの。だから是非、十分なおもてなしができる準備が整ったらご招待させて頂けるかしら？　カルミア嬢とは今度ゆっくりお茶を飲みたいわ」

「えー、今日は美味《おい》しいデザートとかないんですか？」

「そうなの、今度南方の珍しいデザートを取り寄せるつもりだから、その時お声をかけさせて頂けるかしら」

うふふ、と扇で顔を隠しているがオリヴィアの目の奥は笑っていない。

「じゃあ、その時にまた来ますね！」

カルミアはそう言って、唖然《あぜん》とする私を残して帰って行った。


案内されたオリヴィアのサロンはシンプルながら質の良さを感じさせる調度品で設《しつら》えられており、さりげなく生けられたオレンジのフリージアが、ふんわりと甘く香った。

「公爵家ではどういう教育をしているの？」

唐突にかけられた言葉に背筋が伸びる。カルミアの王族に対しての無礼な振る舞いは誰の目から見ても明らかだ。

「お恥ずかしい限りです。妹にはもう一度言って聞かせます」

そう言って頭を下げながらも、言ったところで聞くとは思えず情けなさに自嘲してしまう。

どうして父も母も彼女を諫《いさ》めないのかまったく理解ができない。

「まぁいいわ、どうぞ楽にして？」

「ありがとうございます」

先に腰掛けたオリヴィアに示された席へと座ると、香り高い紅茶とケーキスタンドに可愛らしく並べられたお菓子が運ばれてきた。

お茶の支度を終えた侍女達にオリヴィアが退室を促すと、彼女達は少し戸惑い気味に私を見た。

私の噂を知っているのだろう。

『聖女の称号を持つ妹に嫉妬する姉』

妹がアカデミーで私に虐められていると話していると聞いたのは、いつだっただろうか。

「…………だから、楽にして？」

侍女達が出て行ったのを確認したオリヴィアは再度そう言って、靴をポイポイッと脱ぎ、椅子にだらんとなった。

「…………」

「令嬢然としている貴女なんて貴女らしくないわよ。私達の間に堅苦しいものなんていらないでしょう？　ジア」

「……そう？　板に付いてきたと思ったんだけど」

「全然。貴女らしさのかけらもないわ」

「私らしさって何よ……」

「え？　裸足《はだし》で野原を走り回って、下町で悪ガキどもをしばき回していたフリージア＝ソルトのことよ」

ふふんと笑うオリヴィアの目はイタズラっぽく輝いていた。

「やめてよ。私が悪ガキみたいじゃない」

「〝みたい〟じゃなかったでしょう？」

昔を思い出して、その言葉にぐうの音も出なかった。

「……オリヴィア王女こそ、下町で迷子になって悪ガキに串肉を取られたと、大泣きしていた面影もございませんね」

ピクンと反応したオリヴィアがジト目でこちらを見てくる。

「そうね、そこで悪ガキから串肉を取り返してくれた貴女が公爵令嬢だなんて想像できなかったわ」

「あらこちらこそ、城下町で度々見かける女の子が王女殿下だなんて想像できませんでしたよ」

お互いしばらく見つめ合い、ふふッと笑いが溢れた。

「ま、貴女の妹がソルト公爵家に来た途端、それもなくなったみたいだけどね。突然別人のようになって。私とも距離を取り始めたものね」

オリヴィアは、小さく自嘲気味に笑いながら言った。

「『聖女の妹に嫉妬する、氷の令嬢』だったかしら？　嫉妬に駆られた姉は妹の些細なミスも許さず虐める？　そのくせ妹の栄光にあやかろうと常に妹の側にいる……だったかしら。いろいろありすぎて覚えていられないわ」

「振る舞いと、マナーを最低限教えているだけよ！　それに、側にいるのは彼女の手伝いをさせられてるからよ！」

「でしょうね。先ほどのあれを見たら礼儀も何もあったもんじゃないし、聖女の仕事ができるとも思えないわ」

「お恥ずかしい限りで……」

「でも、私に会わなくなったのはその噂が原因なんでしょう？」

ぴたりと紅茶を持つ手が止まった。

「分かってるわよ。どうせよくない噂のある貴女といたら私の評判が下がるとでも思ったんでしょうよ」

そう言って彼女は口元にカップを当てたまま視線を落として言った。

「寂しかったのよ」

「……ごめんなさい」

「でも、今日来たってことはそれももう終わりだと思っていいのかしら？」

不敵な笑みを浮かべながら言う彼女に「貴女が許してくれるなら」と返事をした。

「……ずいぶん時間がかかったんじゃなくて？」

つい最近同じことを言われた。

あの時は彼女が亡くなる直前だったけれど。

「早かったほうよ……」

だって前回は間に合わなかったのだから。

回帰前にオリヴィアに会いに行ったのは、流行り病ですでにベッドから動けなくなった時だった。

「で、どんな心変わりなの？」

「もういい子でいるのはやめようと思って」

「あら、じゃあ、あの頃の貴女に戻るのね」

「あの頃って……」

「ほら、私と遊ぶ時いつも世界の旅行日記だの、そのためのサバイバル本だの野草だの本をたくさん見せてくれたでしょう？　かけらも令嬢らしくないアレよ」

「……。そうよ。私はもう貴族令嬢としてお上品なんてことはやめるつもり」

「見ものだわ」

面白そうに笑う彼女は嬉《うれ》しそうに、エメラルドの瞳をキラキラさせている。

「それからオリヴィア、貴女にこれを渡したくて……」

先日作った《紋》を編んだペンダントを差し出す。

「これは……また、高度な技ですこと」

以前は渡せなかった、《加護の紋》を編んだペンダントトップ。

小さい頃、何度も何度も練習させられたそれが役に立つ時が来たのだ。

「絶対に、ずっと持っててね」

受け取ったオリヴィアはじっとこちらを観察するように見たが、探るのを諦めたように小さくため息をついた。

「ありがとう。ずっと身に着けておくわ。……そういえば、貴女が小さい頃くれた恋の紋の入ったハンカチ。あれ効果ないわよ。素敵な恋人なんてまったくできないもの」

「あれは恋人を作るものでなくて、好きな人と幸せになるよう願いを込めて作ったものだもの。まずは好きな人ができてから、その苦情を受け付けるわ」

渡した時にきちんと説明したのに。

勘違いしていたらしいオリヴィアは一瞬固まった後、ツイ……と視線を逸《そ》らした。

「ま、お守り代わりに持っておくわ。……で、私のことは置いといて……。貴女はヴュートと上手《うま》くいってるの？　彼、二年ぐらい前に魔物討伐に行って以来、王都に帰っていないわよね？」

その言葉にぎくりと身体を強張らせる。

「……彼とは……もういいのよ」

驚いたようにオリヴィアが言った。

「いいってどういう意味？」

「さぁ？　今年誕生日プレゼントもカードも贈らなかったから愛想《あいそ》つかしたんじゃないかしら？　それに、カルミアが慰問で騎士団に行ったそうだから、運命の恋にでも落ちたのかも」

「やだ、笑わせないでよ。あんな馬鹿な妹に彼が恋に落ちるなんて絶対ないわね。何より貴女……」

「でも、他のご子息達は皆あの子に夢中だわ」

「……」

オリヴィアも知っているのだろう。

私のかつての友人はカルミアが《聖女》認定されるや否《いな》や、私の悪い噂をばら撒き、カルミアの取り巻きとなった。

さらにはカルミアに会ったどの令息も、カルミアに心酔し、彼女のわがままを容認どころか肯定しているのを。

カルミアの信者は令息、令嬢だけに留まらず、貴婦人達もこぞってカルミアを崇めていると言ってもおかしくない。

「でも、ヴュートは違うと思うわ」

違わない。私はそれを知っているのだから。

「彼から婚約について考え直したいって手紙が来たのよ」

「え⁉」

「来週王都に帰ってくるから、その時詳しい話をしましょうって」

「でも婚約破棄って言われたわけじゃないんでしょう？」

「でもその線が濃厚だと思うわ。私の悪い噂もずいぶん広がっているようだし、シルフェン公爵家もそんな婚約者は当然避けたいでしょうね」

「そんなの全部デマじゃない！」

「でも、そういったことが命取りになる世界だって分かっているでしょう？」

「っ……」

私の言葉にオリヴィアが言葉を詰まらせる。

庇ってくれる気持ちは嬉しいが、貴族社会は体面がすべて。その意味で私は婚約者として最低だ。

「その話に関係するんだけど、私アカデミーに通おうと思って」

「家族に反対されていたんじゃないの？　貴女の妹がアカデミーでそんなことを吹聴《ふいちょう》していたわよ。お金の無駄だから通わせてもらえないって」

カルミアの奴《やつ》……。

イラッとしながらも、話を先に進める。

「もう家族の顔色を窺《うかが》うのはやめたの。願書は黙って出すわ」

「……何があったの？　私に会いにきたのも同じ理由でしょう？」

「もう、これ以上……あの人達のために我慢することはないと言うことよ」

「答えになってないけど……」

「……どうせ婚約破棄されるなら、今後の自分のためにも他の人と交流しないとダメでしょう？　誰かと結婚するにしてもウォーデン国立アカデミーを卒業していたら箔《はく》がつくし」

「新しい婚約者を見つけに行くってこと？」

「交流の輪を広げるって言ってくれる？」

本当は首席卒業の褒賞金狙いだなんて、とてもじゃないけど言えない。

そんなこと言ったら『私が援助する』とか言い出しかねない。

お金をせびりに来たのではないのだから。

「……まぁいいわ。アカデミーに通うこと自体はいいことだと思うし、社交の場は今後のためにも大事だしね。これ以上は詮索《せんさく》しないわ。久しぶりにきちんと話ができたんだもの。この時間を愉《たの》しみましょう」

そう言ってオリヴィアは彼女のおすすめのお菓子や、最近王家御用達《ごようたし》の商人が持ってきたというお茶を勧めてくれた。

久しぶりの彼女の笑顔に胸が熱くなる。

私の記憶にある彼女の最後の姿は、死の淵にいる、ぐったりと青白い顔をした彼女だった。

今ここで彼女が笑ってくれていることに目頭が熱くなり、鼻がツンと痛くなった。

3、英雄は帰還する

「ご無沙汰しております。シルフェン公爵」

「ご無沙汰しております、ソルト公爵」

父と、ヴュートの父であるシルフェン公爵が握手をしながら、にこやかに挨拶をした。

ソルト家からは父と私だけが話し合いに参加するはずだったのに、なぜか義母とカルミア、祖母までも同席している。

カルミアのドレスは見たことがないもので、最近また新たに誂《あつら》えたものの一着だろう。

朝からお風呂に入り、大勢のメイドに全身をピカピカに磨き上げさせ、メイクや衣装選びに時間をかけていたカルミア。その横に座る私は、くたびれたドレスを着てどれだけ貧相に見えることか。

チラリとヴュートのほうに視線をやると、彼は穏やかな笑みを口元に湛《たた》えてこちらを見ていた。

艶やかな黒髪にダークブルーの目をした彼はとても綺麗《きれい》な顔立ちをしていて、涼しげな目元は知的な印象を与える。

「ご無沙汰しております、ソルト公爵。先日はカルミア嬢に戦地まで慰問に来て頂き、ありがとうございました。団員達も喜んでおりました」

ヴュートのその言葉に、不快な何かに背を撫《な》でられたような感覚に陥《おちい》る。

カルミアの彼を見る目はとろんとしていて、ヴュートも柔らかな笑顔を浮かべている。

ヴュートはカルミアの周りにはいないタイプだ。

公爵家嫡男という立場にありながら、現在王立騎士団の副団長を務めている。

あと一年もすれば騎士団長になり、伝説の《聖剣》すらも手にするのだ。

精悍《せいかん》な顔立ちに、ほどよく筋肉のついた体躯《たいく》。

平和な王都の甘い環境で育った令息達とは異なり、最前線で戦っている彼に惹《ひ》かれるのも無理はない。


「さっそく本題に入りたいのですが、婚約の見直しとはどういうことでしょうか？」

カルミアに大丈夫と言われても、父に不安が残っているのは見て分かる。

お互い持ちつ持たれつの関係ではあるが、シルフェン公爵家との取引から得る利益は莫大《ばくだい》で、この婚約はその繋がりをより強固なものとするために欠かせないのだ。

——大丈夫よ。心配しなくてもカルミアがヴュートと結婚するから。

そう心の中で父に告げる。

「実は息子のヴュートが公爵家を継ぐための勉強をすることになり、騎士団を退団することになったんです」

シルフェン公爵のその言葉に私はハッと頭を上げる。

退団!? 彼はもうすぐ騎士団長になって《聖剣》を手に入れるはずなのに!?

「つきましては、フリージア嬢との結婚を進めたく……」

思わず目を見開き、ヴュートを見る。

彼は相変わらず穏やかにこちらを見ていて、目が合うとニコリと口角を上げて微笑んだ。

その柔らかな表情に大きく心臓が跳ねる。

彼はこんな笑い方をしていた?

もう何年も会っていない気がする。

回帰前、最後に会ったのはいつだったかしら?

そんなことを考えていると、隣でカルミアが口を開いた。

「ま……待って下さい！　お姉様はまだまだレディーとして完璧じゃないって……！　ヴュート様にはふさわしくないと思います」

淑女のなんたるかをお前にだけは言われたくない！　と心で悪態をつく。

会話に割り込むことは失礼だし、ましてや公爵同士の会話だ。

でも、カルミアの一言に助け船を出された面もある。

このまま結婚してもいつかはヴュートはカルミアと恋に落ちる。

回帰したからにはそんな状況に甘んじるつもりはない。

「シルフェン公爵様。カルミアの言う通りです。それに、きちんとした淑女になるべく遅ればせながらアカデミーに通うため編入試験を受けることになりまして。編入するといろいろと学ぶこともありますので、結婚はもう少しお待ち頂ければ幸いです」

「アカデミーに……?」

シルフェン公爵が驚いたように呟くが、両親にはアカデミーの受験について話していなかったので、私の家族のほうが驚いているだろう。家族といえる存在かは甚《はなは》だ疑問だけれど。

この場でそう言ってしまえば、「お金がもったいない」とか、言っていられないはずだ。娘の編入試験を知らなかったなんてことも言えるわけがない。願書だってもう出した。

「ええ。カルミアも聖女としてずいぶん成長いたしましたし、私が手伝いをするなんて烏滸《おこ》がましいほどです。彼女の姉として恥じることのないよう自分の勉学に励もうかと思いまして」

本当の目的は別だけど、学びたいことはたくさんある。

アカデミーには国内外から貴族が通うため、魔法についてはもちろん魔法倫理学、国際政治学、経営学、薬学、法律、地理、歴史など私が学びたい学問がすべて網羅されている。

「そうですわ！　お姉様はまだまだ学ぶべきことがたくさんありますもの！　まだ結婚なんて早いですわ！」

お前は黙っとれ。

再度心の中でカルミアに令嬢らしくない悪態をつく。

「そうか。では、僕の家から通うのはどうだろうか。騎士団を退団して、僕も父の手伝いをしながらアカデミーに通おうと思っていたんだ」

そのヴュートの言葉に耳を疑った。

貴族の結婚は家と家の結びつきのためのものだ。だから学生結婚は珍しくもないし、令嬢が結婚のために中退することも往々《おうおう》にしてあるが……その提案に驚かないではいられない。

なぜならヴュートはアカデミーを飛び級で卒業済みなのだ。

本来なら四年の課程を十五歳からの三年で……しかも首席で卒業したのだ。

私のその驚きと思いに気付いたのか、彼はフッと笑って続ける。

「僕は二年前に騎士学部を卒業したけど、別分野も学びたくなってね。一緒に通えば僕達の交流も増えていいんじゃないかな。結婚は君が卒業するまで待つとしても、家には早く来てほしいんだ。実は母が体調を崩していて、医師にもあまり先は長くないと言われている……。万が一の時のために君に公爵夫人として伝えておきたいことがたくさんあるそうなんだ」

彼の母親は確か私が回帰する前にオリヴィアと同じ流行り病に罹《かか》っていた。

婚約期間中も、海外の有名な医師の元で身体の弱い弟君の治療に専念していたそうで、一度もお会いしたことはなかった。

母君も弟君同様、身体が弱く体力や免疫力がない方なのだろうか。

「しかし、ヴュート殿。結婚前に相手の家に住むなど……」

父は眉間に皺《しわ》を寄せ難しい顔をしている。

それもそうだろう。

万が一婚約が破綻した時、痛手を負うのは女側の家なのだ。

傷物と見られて今後の私の結婚は……令嬢としての使い途《みち》は望めないだろう。

――家を出るつもりの私には関係ないことだけど、ヴュートとカルミアの恋愛に関わるのは極力避けたい。できればさっぱり婚約破棄をしておくのがベストだ。

「では、お目付役にマグノリア様もご一緒に公爵家に来て頂けませんか？」

「わたくしも？」

思わず名前が出た祖母が目を見開く。

「はい。ご高名なマグノリア様がご一緒に来て頂ければ、彼女の醜聞にもなりにくいかと。そして僕が彼女の婚約者として正しい振る舞いができているか監視して頂ければ……」

にこりと口角を上げて祖母に提案する彼は『断りませんよね』という無言の圧力をかけているように感じる。

確かに自分の病弱な母親が次代の公爵夫人に引継ぎたいことがあると言えば、必死になるのは当然だ。

でも祖母は私となんて一緒にいたくないだろう。

一人で出て行ったほうがこの家のためにもいいのではないだろうか。

「監視だなんて……」

戸惑う祖母に、ヴュートが言った。

「もちろん、彼女の学費も僕が出します。騎士団の退職金もありますし、将来の夫となる僕が出すのは当然のことでしょう」

その一言で、勝敗は決した。

「分かりました。そこまでお考えでしたら。公爵夫人のためにもそのようにいたしましょう。

母上、フリージアをどうぞよろしくお願いいたします」

「お父様！　そんなことをしたらお姉様の評判がさらに悪くなりますわ……！」

どうしても行かせたくないのであろうカルミアが思ってもいないことを口にする。

だが父は目障《めざわ》りな私の使い途が見つかって喜んでいることだろう。

生活費どころか学費ですら負担しなくていいのだ。

私にビタ一文払いたくない父が、嬉々《きき》としてシルフェン公爵と今後の話を進めていくのを聞きながら、私は黙って俯《うつむ》き無意識に握りしめた拳を見つめる。

これでは身動きが取れなくなってしまう……！


「フリージア」

ヴュートの柔らかな声に思わず顔を上げる。

「え？」

「外のフリージアの花が綺麗だね」

「は？」

彼の視線を追い、窓の外の庭を見た。

「フリージア、ヴュート様にお庭を案内していらっしゃい」

祖母のその言葉に、『あぁ、席を外せということか』と気付く。

「はい。ヴュート様、よろしければご案内させて頂いても？」

「嬉しいよ」

そう言うと彼はソファから立ち上がって私の手を取り、私達は部屋を後にした。

表面上は仲睦《なかむつ》まじく庭に向かうように見える私達の背中を、カルミアが睨みつけていることには気付きもしなかった。


「久しぶりだね」

「そうですね。お会いするのは何年振りでしょうか」

「僕はアカデミーを卒業してからずっと騎士団にいたから、最後に会ったのは……二年前かな」

彼からムスクの香りがする。

私の記憶にある彼は回帰する前も今も、彼の言った通り卒業後、騎士団に入り、遠征に行く前の十八歳の彼が最後だ。

「綺麗になったね」

綺麗？　くたびれたドレスを着て、美容になんて手間も時間もかけていられない私が？　綺麗に着飾ったカルミアの横にいる私を、綺麗だなんて誰も言わない。

褒められるのはいつだって、美容にもドレスにもありったけのお金と時間をかけているあの子だ。

そんな上辺だけのお世辞は聞きたくない。

惨《みじ》めになるだけだ。

「……ありがとうございます。ヴュート様もずいぶん逞《たくま》しく、素敵になられましたね」

礼儀上そう言うと、彼は少し目を見開いて頬をピンクに染めた。

「そ……そうかな」

なぜ照れる⁉

褒められたなら、褒め返すのがマナーでしょう⁉

っていうか、褒め言葉なんて慣れてるでしょうに！

実際彼はジャケットの上からでも分かるほど筋肉が付いた精悍な身体つきをしていて、同年代の貴族令息達と比べるとその差は一目瞭然だ。

回帰前、特に最後の二年には彼の噂を嫌と言うほど聞いた。

魔物討伐の最前線での勇ましい活躍と、騎士団のセレモニーなどで見せる整った顔立ちにクールな物腰のギャップに女性が騒ぐという感じだったと思う。褒められて照れている彼なんてとても想像できない。

ひょっとしたらこの先の一年間。《聖剣》を手に入れるまでの過酷な環境が彼をそうさせるのかもしれない。

回帰前の世界では今から一年後、彼が二十一歳で強力な魔物が現れた時が、《聖剣》を手に入れたタイミングだったと記憶している。

《聖剣》は選ばれた者しか手に入れることができない。であれば今回も結果は変わらないのではないだろうか。

回帰前通りに彼が《聖剣》を手に入れるとすれば、きっとアカデミーを卒業したら騎士団に戻るだろう。

もしくは、強制的に戻される可能性もある。


「最後に君に会った時は、まだ少女という感じだったのに、時間の流れを感じるよ」

ひょいとしゃがんで私の顔を覗き込むヴュートと、視線が近距離でぶつかり合う。

その吸い込まれそうな瞳に思わず一歩下がった瞬間、小さな石にバランスを崩した。

「あっ……」

「ジア！」

彼が私の腰に手を回して支えたことにも驚いたが、発した言葉に衝撃を受ける。

「ジア……？」

それは亡くなった母や、祖母が幼い頃私を呼ぶ時に使っていた愛称だ。

「あ、……ごめん。不快だったかな」

「いえ……、驚いただけで」

「じゃぁ、これからはそう呼ばせて」

にこりと笑った彼の顔に胸が大きく跳ねた。

「それは……」

「指輪、してないんだね」

ヴュートはにこりと微笑んだまま私の左手を持ち上げ、本来婚約指輪があるべき薬指にキスを落とす。

その仕草にまた心臓が早鐘を打つと同時に頭の中に警鐘が鳴り響く。

「指輪は……今サイズ直しに出しておりまして……」

「あぁ、九歳からだもんね。僕も何度サイズ直ししたか覚えてないな。早く〝ここ〟に戻って来ればいいのに」

私の薬指を見つめながらそう言った彼の指には、揃いの婚約指輪が嵌めてある。

その時、彼の足元に白いハンカチが落ちているのが目についた。

「ハンカチが……」

手を伸ばそうとして、一瞬呼吸が止まった。

「これは……」

そこに刺繍してある見覚えのある《紋》に息を呑《の》む。

あの日、目の前で踏み躙《にじ》られたあのハンカチだ。

真っ白い生地に少しほつれた金と紺の刺繍糸。

彼の無事を祈って刺した、私が初めて彼に贈った《加護の紋》。

幼い頃の私の魔力ではこの大きさが限界だった。

その後にも、カフスやタイピン、ネクタイにと様々なサイズの《紋》を贈ったけれど、緻密《ちみつ》であればあるほど魔力の消費は大きく、たいしたものを作れてはいなかっただろう。

それでも込めた思いは本物だった。

「あれ、いつの間に落ちたんだろう。また失くすところだったよ、ありがとう」

慌てたようにハンカチに手を伸ばしたヴュートにそれを差し出す。

その時、一人のメイドが声をかけてきた。

「ヴュート＝シルフェン小公爵様！　ソルト公爵様が今後のことについてお話ししたいそうですが、よろしいですか？」

このメイドはカルミア専属のメイドだ。おおかたあの子に言われて来たのだろう。私に一言も了承を得ないところがまた彼女らしい。

「ちょっと行ってきてもいいかな、ジア」

申し訳なさそうに言う彼になぜか調子を狂わされる。

まるで引き留めてほしいかのような……甘えてくる子犬のような瞳だ。

「もちろん……。問題ありませんわ」

そう答えると彼は残念そうに「では、後ほど」と流れるように私の手の甲にキスをして、メイドと去っていった。

「……何あれ？　あんな人だった……？」

確かにアカデミー卒業後は会っていなかったとはいえ、ヴュートの卒業から二年間ぐらいの間、手紙のやりとりは続いていた。

そして手紙の最後にはいつも『早く君に会いたい』と綴《つづ》られていた。

その言葉を信じて待つ日々は、つらくても光があった。

けれど回帰した私には分かる。これからの二年は手紙のやり取りさえなくなるのだ。

丁度今頃、ヴュートの二十歳の誕生日あたりからぱたりと届かなくなった手紙は、それを伝える気持ちがなくなったからか、それとも伝える相手が変わったのか……。

きっとカルミアが彼とやりとりをしていたのだろう。

あんなに綺麗で可愛げのある妹なのだ。私と連絡を取るよりよっぽど楽しかったのだろう。

部屋に戻ろうと廊下を歩いていると、応接室から父とカルミア、シルフェン公爵様が部屋から出てくるのが見え、とっさに身を隠す。

「それでは、私は所用がありますので、後のことはヴュートに任せてお先に失礼いたします。見送りは結構ですよ」

「とんでもない、お見送りはさせて頂きます。わざわざお越し頂きありがとうございました。フリージアと母をよろしくお願いいたします」

「公爵様、姉が見当たらないので、私がお見送りいたしますわ」

カルミアがうふふと微笑みながら公爵様に寄り添って、私のいる方向と反対の玄関へ三人で消えて行った。

いや、見送りするなら声かけてよ。

そう思いながらも、見送りに行ったら雰囲気を悪くするだけだと思いその場に留まる。

三人の姿が消えたのを確認してから応接室の前を通り過ぎようとした瞬間、少し開いたドアから祖母の声が聞こえた。

「出て行く以上、フリージアは二度とソルト家に戻らせないわ。あの子はこの家にいてはいけない子なのよ」

突き刺さるような冷ややかな言い方に、その言葉に、身体が竦む。

分かっていたけれど、いざそれを言葉で言われると思った以上に傷付いている自分がいた。

この家に自分は不要なのだと、家族ではない、いらない子だと。

「分かっています」

祖母の言葉を肯定するヴュートの言葉が私の足をその場に凍り付かせた。

『分かっています』？

彼は私がこの家にとって不要な子だと知っていたのだ。

怒りなのか、落胆なのか、惨めさなのか……自分でも説明のつかない感情で目頭が熱くなる。

「『二度とソルト家に戻らせない』……ね」

祖母の言葉を思わず反芻《はんすう》する。

こちらも二度と戻るつもりはない。

すぐにこの家を出られるなら好都合。ヴュートとカルミアが結ばれるならさっさと婚約など破棄して、シルフェン公爵家からも出て行くわ。

4、英雄は裏切りを知る～回帰前side.ヴュート～

「父上！　フリージアが亡くなったと言うのは……！」

魔物討伐からの帰還の最中、『フリージアが死んだ』という手紙を受け取った僕は、信じられない思いのまま早馬で自宅に戻ってきた。

「あぁ……ヴュート……」

「ヴュート様！」

「ヴュート殿！」

「ソルト公爵……にカルミア嬢？」

ノックもせず勢いのまま入ったサロンには父、そしてフリージアの父・ソルト公爵と妹・カルミア嬢がいた。

父と対面するように座っていたカルミアが、目に涙を溜めてこちらに駆け寄ってくる。

「あぁ、ヴュート様。……お姉様が……。お姉様がこんなことになるなんて」

泣きじゃくる彼女に困惑しながらも、その姿に受け取った手紙が真実であると認めざるを得なかった。

「カルミア嬢……。フリージアは……本当に……？」

「はい。ヴュート様と結婚はできないと……。お姉様は恋人のマクレン様と一緒に……私の目の前で……」

——死んだ。

「恋人と……？」

「はい。以前から二人が仲良くされているのは知っていて……。お姉様にはヴュート様がいらっしゃるからあまり他の殿方と仲良くされるのはよくないと言っていたのですが……。わ、私がお姉様を追い詰めてしまったのでしょうか」

はらはらと涙をこぼす彼女に父が「カルミア嬢のせいではないですよ」と優しく声をかけている。

そんな彼女を思いやる余裕もなく、ただ足元が崩れ落ちていくような感覚だけがある。

「ヴュート殿。この度の娘の……フリージアの失態にはお詫びのしようもない」

深々と頭を下げるソルト公爵は悲しみに暮れるというよりは、本当に『失態』だと思っているようで、不快なものが背中を這《は》い上がる。

「ヴュート。フリージア嬢のことは残念だったが、ソルト公爵が彼女に代わってカルミア嬢をお前の婚約者にと申し出ているんだが……」

父が困ったように言うと、カルミア嬢が下から覗き込むように潤んだ瞳で言った。

「お姉様のことはつらいですが、私は聖女ですので……きっとヴュート様のお力になれると思うんです」

「ヴュート殿、私も我が公爵家とシルフェン公爵家との縁は大事にしたいと思ってい……」

「お断りします」

「ヴュート！」

「ヴュート様！」

「ヴュート殿、娘は聖女ですぞ？　なんのご不満が……」

「――失礼します」

彼らの声に耳を傾けず、サロンを出て足早に自室に向かった。

自室のドアを乱暴に閉め、机の上に飾ってある小さな籐《とう》カゴを手に取る。

「フリージア……。ジア……。どうして」

四年前の長期遠征に出立するあの日、見送りに来てくれた十四歳の彼女が……寂しそうに微笑んだ彼女が最後だったなんて思いたくない。

二年前にパタリと途切れた彼女の最後の手紙に書かれていた言葉は「無事の帰還を祈ってい

る」。

最後に届いた手紙に添えられた贈り物は、《旅の紋》が描かれたタイピンだった。

僕が今も肌身離さず持っているお守りだ。

時折カルミア嬢から送られてくる手紙の中に、フリージアの近況も書かれていた。

「私の聖女の仕事を手伝ってくれているのでとても忙しそうにしている」

きっと忙しくて手紙を書く暇などないんだと、彼女に無理をしないよう手紙を書いた。

返事が来なくても、彼女の「待っている」と言ってくれた言葉を胸に、剣を振るった。

『そのリボン、私が初めて完成させた刺繍なのよ』

初めて彼女と会った時、幼い彼女がそう言って差し出してくれた、小さなカゴに結んであるリボンに触れる。

黄色のリボンに銀糸の刺繍がしてあり、当時はなんの《紋》が描かれているか分からなかったけれど、今はそれが《癒やしの紋》だと分かる。

触れたその刺繍に胸が締め付けられ、鼻の奥がツンとした。

視界は滲んでも、初めて会った時の彼女の笑顔が今でも鮮明に脳裏に焼き付いている。


約九年前、僕が十三の歳に、王家主催のピクニックが開かれた。

ピクニックが開催される三日間、王家直轄の森に自由に出入りできるというものだった。

貴族達の社交の場でありながら、子供達にも昆虫でも植物でも好きなように採集していい遊び場として提供されていた。

王都に屋敷のある貴族は夜は帰宅していたが、遠方から来る貴族の中には豪華な天幕の中で食事を楽しみながら夜通し飲み明かす者達もいた。

丁度そのピクニックの直前、五歳になる弟のトリスタンが高熱を出した。

元々病弱だった弟で、流行り病を拗《こじ》らせてひどい肺炎になってしまい、このまま息が止まってしまうんじゃないかと思うほど悪化してしていた。

そんな中開催されたピクニックに、父は僕だけ送り出した。トリスタンのことは私達が見ているから心配ない。気分転換に行ってこいと。

それでも、主治医との会話から、このままトリスタンの状態が続くと本当に危ないというのが聞こえてきた。

主治医によると、流行り病の治療薬となる『ピポラ』という薬草が今年は不作で手に入れられないという話だった。

いつも僕の後ろをついて歩き、あどけない笑顔を向けてくる弟を、僕が守ると誓った。

王家直轄の森にはそこにしか自生しない貴重な薬草があるらしいと従妹《いとこ》であり、第一王女のオリヴィアから聞いたことがある。

両親に進言したものの、不確かな情報より、薬草を取り扱う業者を虱潰《しらみつぶ》しに当たっていくから、お前は楽しむことだけ考えてこいと結局送り出されたのだ。

確かに、本当にあるか分からないものを探すのに人手を割《さ》くよりも、多くの使用人を使って王都だけでなく、近隣の領地の医師や薬局を訪ねたほうが薬草が得られる可能性は高いだろう。

それでも何かせずにはいられず、僕は王家の森でピポラを探すことにした。

王家の森は広いので、共に来た従者とメイドの二人にも無理を言って、手分けして探してほしいと頼み込んだ。

僕を一人にするわけにはいかないと言われたが、広大な森は手分けして探すほうが効率がいい。

森の奥深くまで入らないことと、日没までに公爵家に戻ることを約束し、一縷《いちる》の望みをかけて薬草図鑑を片手に森の中へ入って言った。

森の中で小さな白い花であるピポラを探すが、森には多種多様な草花が生えており、白い花だけでも何種類もある。

とりあえずそれらしいものを手当たり次第に摘んでいるうちに、いつの間にか森の奥のほうまで来ていたことに気付く。

「ひとまず採ったものの中にピポラがあるか確認しよう……。あ！　これ！」

地面に座り、摘んだ花々を図鑑と見比べ、たった一つだけピポラと確信したその瞬間、目の前で花がぐしゃりと踏み潰された。

「……っ!?」

「おい、男のくせに花摘んでんのかよ」

顔を上げた先には三人の同年代の子息達が立っていた。

「何するんだ！」

貴重な薬草だったのに、無惨にも踏み潰されてしまった。

彼らを睨みつけると、フンと鼻であしらわれる。

「お前、どこの家の者だよ。親も従者も近くに見当たんねーし、どっかの貧乏男爵の息子か？

俺様はハデル侯爵家のアモン。暇なら遊んでやってもいいぜ」

「結構だ。僕は忙しいんだ」

爵位で言えば僕のほうが上だったが、僕は喧嘩は苦手だ。剣術レベルも中の中。

それに今はこんな奴らを相手にしている時間なんてないんだ。

早くピポラを探さないと……。

踏み潰されたピポラをカゴにしまい来た道を戻ろうとすると、突然後ろから背中を蹴られ、集めていた薬草が散らばった。

「つっ……」

そのまま一人に羽交締《はがいじ》めにされ、目の前にアモンが立った。

「おいおい、無視すんなよ。生意気すぎんだろ、お前」

そう言って腹に拳を撃ち込まれた。

「ぐっ……。何を」

「女々しいお前に男の遊びを教えてやろうと思って。戦いごっこって知ってるか？」

ニヤニヤと笑うアモン達にゾクリと背中を何かが這い上がる。

——戦いごっこじゃなくて、リンチだろう？

頭が真っ白になったその時、女の子の声が森に響いた。

「お父様、お母様！　こちらです！　男の子達が喧嘩をしていて！」

ガサガサと木の枝や葉が揺れる音が近付いてくる。

「やべっ」

「逃げろ逃げろ」

「戻ろうぜ」

そう言ってアモン達はその場を離れていった。

目の前には、無惨に踏み荒らされ、ぐちゃぐちゃになった薬草が散らばっている。


「貴方、大丈夫？」

絶望的な気持ちで立ちつくしていた僕の前にひょいと顔を出したのは、サラサラの銀の髪に紫水晶《アメジスト》の瞳を持った女の子だった。

「えっと……多分」

そう言って起きあがろうとすると腹部に激痛が走る。

「っつ……」

「ちょっと、無理しちゃダメよ」

駆け寄ってきた女の子の周囲に大人の姿はない。

「えっと……、君が助けてくれたんだよね？　ありがとう」

「ちょっと大きい声でお父様、お母様〜！　って言っただけよ。ところでこんな人気のないところで何してたの？　いつもあいつらに虐められてるの？」

あ、あいつら……って。

幾分か令嬢らしくない口ぶりの彼女は、心配そうに紫水晶の瞳を揺らしながら少し怒っているようにも見える。

「違うよ。今日初めて会って……」

俯きながら、視線を散らばった薬草に目をやった。

もう少ししたら日が落ちる。

暗くなればもうピポラは見つからないだろう。

それに、もう帰らないといけない時間だ。

少しでも、トリスタンのために何かしたかったのに……。

そう思うと視界が滲んだ。

「ちょちょちょちょ……！　何⁉　どうしたの？　お腹《なか》痛い⁉　大人の人呼んでこようか⁉」

「違う……違うんだ」

溢れ出した涙は止まらない。

トリスタンの苦しそうな表情が頭から離れない。

「弟が……弟のための薬草だったんだ」

そう言うと、彼女は黙り込んで近くに散らばった薬草を見ながら、転がっていた薬草図鑑の印を付けたページをパラパラとめくった。

あんな状況の薬草なんて使えないことぐらい僕でも分かる。

ぐちゃぐちゃに踏み躙られ、もうどれがなんの薬草かだなんて分かりもしない。

「サリベル、ミコレット、アーベラ、ピポラ……」

彼女が小さく口にした薬草の名前にハッと顔を上げる。

「分かるの……？」

「うん、分かるよ。好きだから、こういうの。……弟さん、具合悪いの？」

沈んでゆく夕日が木々の間から差し込んでくる。

逆光になった彼女の表情は分からないけれど、心配してくれているのは分かる。

「咳《せき》が……止まらなくて。熱も下がらない。ここにしかない薬草を早く持って帰ってあげたかったけど……また明日明るくなったら探しにくることにするよ」

その時、シルフェン家のメイドが泣きそうな顔をしながら息を切らせて走ってきた。

「坊ちゃま、こんなところにいらっしゃるなんて。森の奥に行ってはいけないと申し上げたではありませんか」

「ごめん、ちょっと……夢中で探していたらこんなところまで入っちゃったんだ」

「ご無事で何よりです。私達はピポラを見つけられなかったのですが、坊っちゃまはいかがでしたか？」

「……僕も、ダメだった」

「左様でございますか……。ですが、まもなく日も落ちます。お屋敷に帰りましょう。お嬢様もご一緒に広場へ戻りませんか？」

メイドが声をかけると、彼女は「私は一人で戻れるから大丈夫。お気遣いありがとう」と言って、手を振りながら歩いて去っていった。


その日は屋敷に帰り、朝早く薬草を探そうと心に決めて眠りについた。

——なのに、夜明け前、バタバタと屋敷が騒がしくなる。

「ヴュート様！　トリスタン様が！」

部屋に飛び込んできたメイドと弟の部屋に入ると、父も母もトリスタンの側で手を握っている。

主治医が近付いてきて、言いにくそうに小さな声で言った。

「おそらく……今日が峠かと……」

その言葉に奈落の底に落とされたかのような感覚に陥る。

「ト……トリスタン」

まだ逝かないでくれ。

神様、まだ弟を連れて行かないで。

——守ると決めたのに。

「ピポラがあれば……」

そう呟いた主治医の言葉に思わず部屋を飛び出した。

あの花さえあれば！

あの時踏み潰されなければ！

あの侯爵家の奴がいなければ!!

ドス黒い感情と焦燥が混じり、ザワザワと抑えが効かない感情が込み上げてくる。

厩舎《きゅうしゃ》に駆け込み、自分の馬に跨《また》がった。

「ヴュート様!?」

厩番《うまやばん》が驚きの声を上げるが、「王家の森に行ってくる」とだけ告げ、引き止める声を無視してそのまま公爵家を出た。


明け方、まだ薄暗い王家の森の広場には、ちらほらと明かりが灯《とも》され、夜通しピクニックを楽しんでいる者達もいた。

「昨日の場所に行けば、他にも近くに生えているかもしれない……」

記憶を辿《たど》りながら森の中に入る。

こんな時間ならあいつらに邪魔されることはないだろう。

ガサリと背後で音がして、ビクリと身体が強張る。

ウサギのような小動物の音じゃない……。でも、ここに危険な動物はいないはずだ。

「あ、早いね」

思わぬ声と共に、銀色の頭が顔を出した。

「え、……え?」

人のことは言えないけれど、予想だにしなかった茂みから覗く銀の頭に固まる。

令嬢が森に入る時間帯ではない。

「こんな時間に……何して」

「貴方に言われたくないわ。……はい、コレ」

そう言って彼女が差し出した籐カゴの中にはたくさんの薬草が入っていた。

「ピポラもたくさん見つけたのよ」

そう言ってカゴを差し出した彼女の手には無数の小さな切り傷。ドレスも泥だらけだ。

しかも昨日と同じドレスだった。

「なんで……」

「……時間はあまりないのかなって。私が探しておけば時短になるでしょ？　プレゼントだよ。リボンも結んであるでしょう？」

差し出されたカゴを受け取ると、確かに持ち手に明るい黄色のリボンが持ち手に結んである。

「そのリボン、私が初めて完成させた刺繍なのよ。大丈夫だよ。絶対弟さんよくなるよ」

そう言いながらあどけなく笑った彼女の笑顔に胸が震え、銀糸を使った刺繍にそっと触れた。

「ありがとう……。綺麗だ……」

「こちらこそ、褒めてくれてありがとう」

彼女に渡された籐カゴに涙が落ちる。

彼女の気持ちが嬉しかった。

どれだけ時間を割いて、こんなになるまで探してくれたのだろうか。

「え、やだ！　また泣いてるの⁉　まだ殴られたところ痛い⁉」

「いや、……そうじゃなくて……」

「大丈夫よ！　あいつらにはこっそり仕返ししておいてあげたから」

ふふんと得意げに言う彼女は、聞いてくれと言わんばかりの顔をしている。

「い、一体何を……」

身体の小さい彼女があの三人の少年に向かって行って無傷とは考えられないし、でも実際彼女はピンピンしている。

「可愛らしいご令嬢達と話をしているところに後ろから、こっそりナメクジを投げつけてやったのよ」

え……。

まさか素手でナメクジを……!?

令嬢らしくない彼女の言動と行動に瞠目《どうもく》する。

「そしたらあいつら綺麗な令嬢達の前で『きょえぇぇぇぇっ！』って情けない悲鳴上げてたのよ！『きょえぇぇぇぇっ！』って！　ないわー！　笑い堪《こら》えるのに必死だったわ」

ケラケラ笑う彼女に開いた口が塞がらない。

「そんなことしたら……」

「何言ってるの。大事な薬草を踏み潰された上に、暴力を振るわれて三人ががりでボコボコにされるところだったのよ。あれくらいたいしたことじゃないわよ！」

「……逞しすぎるよ」

「ありがとう！　褒め言葉として受け取っておくわ。ま、こっそりというところが自分では納得できないけれど、あいつらも親に隠れてこっそり虐めをしていたんだからおあいこよね」

ニカっと笑う彼女に「そうだね」と一緒に笑ってしまった。

「弟さん……元気になるといいね」

彼女が視線を落とした先のカゴに目をやる。

よく見ると、夜にしか咲かない珍しい花、『月の雫《しずく》』もあった。

万病に効くとも言われるそれは、花弁を美しく開いていて間違いなく夜のうちに摘んだもの

だろう。

きっとあの後すぐに、僕のために摘んでくれたのだろう。

「弟さんのところに行ってあげて。早くしないと萎《しお》れちゃう」

「あ、うん。……えと、また明日も会えるかな」

そう言うと彼女は少し考えるようにして、「私ね、妹ができるの」と言った。

「え？」

近々赤ん坊が生まれると言うことだろうか。

「明日、新しいお母様と一つ下の妹がお屋敷に来るの。明日は二人の歓迎パーティーをするから、ここには来られないわ」

新しい母親と妹……。

それはきっと複雑な心境だろう。

「そっか……」

「お母様が亡くなって少し静かだったお屋敷も、賑《にぎ》やかになるかな。お父様も魔道士協会の副理事長さんっていうお仕事を辞めて、別のお仕事でお忙しいみたいだけど……お屋敷にいる時間が増えると嬉しいな」

その言葉に驚く。

父親が辞めた魔道士協会の副理事長と言うことは、ソルト公爵家の令嬢だ。

正直、とても公爵令嬢には見えなかったと言ったら彼女は怒るだろうか。

「貴方と弟さんみたいに、妹と仲良くできると嬉しいなぁ」

そう柔らかく微笑みながら、彼女はもう一つ小さなカゴを出した。

そこにはおそらく薬草ではない華やかな花が摘まれている。

「ここにしかないお花、あげたら喜んでくれるかな」

照れくさそうに、心配そうに言う彼女は昼間の彼女と比べて少し儚《はかな》げだ。

「君なら大丈夫だよ。絶対仲良くなれる」

「ジア！　……フリージア！　どこにいるの？」

その時、遠くで女性の声が響き、彼女がパッと顔を上げた。

「お祖母様だわ。テントを抜け出していたのがバレたみたい！　代わりの人形じゃダメだったか〜」

ガックリとうなだれるその様に、笑ってしまう。

「じゃあ私行かなくちゃ。貴方も早く弟さんのところに戻ってあげて！」

「う、うん！」

「あ、それ、私からって誰にも言わないでね！　お父様に夜更《よふ》かししてたことがバレたら怒られちゃう」

そう言って手を振りながら彼女は去っていき、背後から祖母に飛びついて二人で笑っていた。

彼女が去っていったのと入れ替わるように、シルフェン家の馬車で追いかけてきたメイドと執事の迎えが来て家に帰った。

急いで主治医にその薬草を渡すと、ピポラだけでなく、月の雫があることに驚きながらも、これで峠は越えられるはずだとすぐに治療に当たってくれた。

それから二日で弟の病気は信じられないほど改善した。

「いくらピポラがあったとはいえ、こんなにも短期で完治するとは……信じられない回復力です」

驚きを隠せない主治医の言葉に、父も母も、「きっと私達の、何よりヴュートの想いが女神様に届いたんだよ」と、弟の回復を喜んだ。

「私がもっとトリスタンを丈夫に産んでいたら」

そう毎日のように泣いていた母も、トリスタンの回復に心の底から安心したようで、トリスタンと笑い合う明るい声が屋敷に響き渡っている。

そんな二人を穏やかに見つめる父に、僕は薬草の件を話し、将来の結婚相手はソルト公爵家のフリージア嬢がいいと申し出た。

父は少し驚いたような、揶揄《からか》うような顔をしながらも打診すると言ってくれた。

話は少しずつ進展し、半年後、婚約のための顔合わせの日取りとなった。

彼女は気付いてくれるだろうか。

あの時のお礼をたくさん言いたい。

「よかったね」と、またあの時のような曇りない笑顔で言ってくれるだろうか。

それとも「ほら、私の言った通りでしょう」と得意げに言うだろうか。

そんな想像を膨らませながら迎えた当日。

——彼女の笑顔は、あの時のものではなくなっていた。

そして僕のことを覚えてさえいなかった。

＊　＊　＊

コンコンコン。

ぼんやりと昔の思い出に浸っていると、ドアをノックする音で現実に引き戻された。

カルミア嬢が返事もしていないのにドアを開けたかと思うと、不安げな顔をして部屋に入ってきた。

「ヴュート様……」

メイドも連れず一人で来たのだろうか。

彼女が閉めようとしたドアを全開にして、外にいたメイドに部屋に入るよう声をかける。

「カルミア嬢……お一人で男性の部屋に入るものではありませんよ」

「でも、ヴュート様は女性に無体《むたい》なことをされる方ではないでしょう？」

「そうではなく、噂というものは悪いほうに尾鰭《おひれ》をつけて広がっていくものです。それで不利益を被るのは女性ですよ」

小さくため息をつき、彼女にそう告げる。

「わ、私は……ヴュート様とならどんな噂になっても構いませんわ」

頬を染めながら発せられるその言葉に、さらにため息をつかざるを得ない。

「そういう問題ではありません」

五つも年下ともなればこんなに幼く感じるものなのだろうか。

フリージアがこれくらいの歳の頃はどうだったのだろうかと考えるが、四年前から会っていないことを思い出し、乾いた笑いがこぼれる。

「ヴュート様。先ほどの私との婚約の話ですが、どうか受け入れて頂けませんか？　お姉様もきっとあちらで喜んでくれると思います」

その言葉にドス黒い感情が込み上げてくる。

「喜ぶ……？」

「あ……ええと。最後までお姉様はヴュート様にごめんなさいと伝えてと言ってましたから……きっとヴュート様の幸せを願っているんじゃないかなって……」

僕の幸せは君との結婚などではない。そう言いたくなるのを堪える。

「カルミア嬢、貴女が犠牲になることはありませんよ。僕を憐《あわ》れに思う必要も、家のために嫁《とつ》ぐ必要もない。結婚などしなくても今後もシルフェン家はソルト家との関係を変えることはないでしょう」

　仕事上の付き合いでは確かにソルト家からシルフェン家が得る利益は少ないが、他で十分利益を上げているので問題はない。

　父がソルト家にダイヤモンドを卸す際にあまり利益を求めないのは、昔フリージアがトリスタンを助けてくれたことを知っているからだ。

「犠牲だなんて思っていません……。私……私はずっとヴュート様のことが……私では……ダメでしょうか」

　頬を染めながら、瞳を潤ませ見上げてくる彼女の言葉にも、暗い心は微動だにしない。

　言葉は遠慮がちだが、絡《から》みついてくる視線が『断るはずなどない』と言っている。

　姉の死を知ったばかりだと言うのに、そんなことを言う彼女に嫌悪感すら感じ、部屋を出て行く気配がないことに苛立ちを覚える。

　思わず彼女に一歩近付き、耳元に顔を近付けると、頬が少し赤みを帯びた。

「ヴュートさ……」

「……カルミア嬢。君がフリージアだったら喜んで僕の心を、愛を差し出すよ」

「え……」

「彼女と同じ銀の髪で、彼女と同じ紫水晶の瞳で、彼女と同じ柔らかな声で僕の名前を呼んでくれたなら……僕は愛を込めて君を『フリージア』と呼ぶよ」

　彼女の顔から先ほどまであった赤みが一瞬で引いていく。

「わ、私に……『カルミア嬢は特別』だって……、仰《おつしや》ったじゃないですか……」

「特別だよ。だって君は他でもないフリージアの妹だ。フリージアの家族が特別じゃないわけがないだろう？」

「お……お姉様は、貴方を裏切って他の男と……」

　わなわなと震え始めた彼女の言葉に、冷えていた心はさらに凍《い》てついていく。

「だから？　彼女が裏切ったからといって僕が君と結婚する理由にはならないだろう？　彼女以外の女性は欲しいとも思わない」

「あ……貴方は公爵家として家を継ぐ義務があるのではないですか？」

「そんなもの僕になんの価値があるんだ。欲しいとすら思ったこともない。家を継ぐなら弟がいるじゃないか」

「でも貴方は聖剣を持つ英雄ではありませんか！　国のために聖女の私と結婚をして国の繁栄《はんえい》のためにあるべきではありませんか!?」

　先ほどまでのしおらしさとは打って変わって強い口調で叫ぶカルミアにため息を吐き、メイドに退室させるよう視線で促した。

離しなさいと喚《わめ》く彼女を、冷ややかに一瞥《いちべつ》する。

「カルミア嬢。聖剣も、英雄も、フリージアのために手にしたものです。国のためなんかじゃない。聖剣を持つ資格がないと言うのなら、喜んで元の場所に戻してきますよ。こんなもの……足枷《あしかせ》にしかならない」

そう吐き捨てて、ドアを閉めた。


『お姉様は、貴方を裏切って他の男と――』


先ほどのカルミア嬢の言葉が脳裏にこびり付いて離れない。

彼女はあの男の前で昔のように笑っていたのだろうか。

それなら……言ってくれたらよかったのに。好きな人ができたと。

君の死と引き換えにするくらいなら、僕は婚約者の席を退いたのに。

そしてただ、君を見守っていく道を選んだのに。

どうして、僕の手の届かないところで死ぬんだ。

君を守るために最高の騎士になったのに。

「こんなもの、なんの価値もない」

込み上げてくる感情を持て余したまま、胸に着けていたいくつかの騎士の勲章を引きちぎり、床に叩きつけた。

5、英雄は回帰する～回帰前後side.ヴュート～

数週間経って、彼女が亡くなったと聞いた森に向かうと、先客がいた。

「マグノリア様……」

黒い喪服姿のマグノリアはゆっくりとこちらを振り返った。

「あぁ……。ヴュート殿。フリージアの弔《とむら》いに来て下さったのですか」

彼女の視線が僕の手元にある白い百合《ゆり》の花束に向けられた。

死者に手向ける花ではないと分かってはいるが、あちらの世界で彼女の母であるリリー様と穏やかに過ごしてほしいと願わずにはいられない。

「えぇ。そろそろ自分の気持ちに折り合いをつけなければとも思いまして」

「折り合い？　今にも死にそうな顔をしているじゃありませんか」

クスリと笑った彼女の顔もまた、黒いベールの上からでも分かるほど憔悴《しょうすい》しているように見える。

「貴女こそ」

「ふふ……。どうかしら」

マグノリアを初めて見たのはフリージアと婚約する前、あの王家のピクニックで孫娘を探しにきた時だ。

あの日、フリージアを探しに来た彼女が、孫娘を見つけて嬉しそうに微笑み二人で帰って行ったのを覚えている。

だが、フリージアとの婚約直前耳にしたのは、「新しい孫娘に比べ出来の悪いフリージアに大変厳しく躾《しつけ》をしている」と言う噂だった。

穏やかで優しいと言われていた元《聖女》のマグノリア＝ソルトが、人が変わったように厳しくなったと。

新しい孫娘は《聖女》の適性を示したのに対し、その姉であるフリージアは品性に欠けて祖母の期待を失墜《しっつい》させたというものだった。


「貴方は、本当にフリージアが自殺したと思っている？」

「え？」

ぼんやりと木々の隙間から空を眺めながら発された、彼女の突然の問いに言葉を失う。

「あの子は……そんなに簡単にすべてを諦める子じゃないわ。心中したと言う男は隣国の平民だって言うけど、結ばれないからといって命を断つような……そんなやわな子じゃないわ」

言葉に詰まりながら話す内容はまるで……。

「あの子はそんなに脆《もろ》くない。貴方は知らないでしょうけれど、あの子はまさに『逞しい』と言う言葉がピッタリの子だったのよ」

涙が溢《こぼ》れないようにしているのか、彼女の顔は空を見上げたままだ。

「知っていますよ……」

彼女の逞しさも、あの夏のような眩しい笑顔も。

取り戻したかった。

他の誰でもない、僕が。

では誰かが彼女を殺したと言うことだろうか。

「自殺ではないと……？」

「……」

その問いには答えないまま、マグノリアは意外なことを言った。

「そういえば、フリージアの遺品で貴方に渡しておきたいものがあるの。この後時間はあるかしら？」

馬車で一緒にソルト公爵家に向かい、フリージアの部屋に案内された。

その部屋は柔らかな香りがし、もう覚えていない彼女の香りに胸が締め付けられる。

本棚には、以前僕がプレゼントした本や置き物が飾られていた。

予想外の光景に立ち尽くしていると、机の上にあった小さな箱を手渡される。

「その箱には、貴方がフリージアに贈ってくれた手紙や贈り物が一式入っているわ。確認してくれる？」

箱を開けると、すべてではないが今まで誕生日や祝い事の度に贈った品々が入っていた。

その中の一つを手に取ろうとした時、廊下にカルミアの声が響き渡った。

「お母様はどこ!?　ああもう！　イライラするわ！」

甲高い声が疲れた身体と心にガンガンと響き、眩暈《めまい》がしそうだ。

「どうしたの、カルミア？　今日は神事の日でしょう？　もう終わったの？」

心配そうなソルト公爵夫人の声が響き、それと同時に彼女の喚き声が響き渡る。

「祈りを捧げたのに、今日も女神様が応えて下さらなかったわ！」

『今日も』と言った彼女の言葉に、先日チラリと聞いた噂が脳裏をよぎる。

『聖女カルミアは異母姉の死に大層心を痛めていて、神事の祈りが上手くいかない』

心優しいカルミア嬢が早く元気になればいいとみんな口を揃えていたが、こんな声を聞くと違和感しかない。

「お姉様さえいなくなれば、すべてが上手くいくと思ったのに！」

その言葉に思わず部屋を飛び出した。

大きな音を立てて開けたドアに視線が集中する。

「ヴュ……ヴュート様……!?」

カルミアの大きな瞳がこぼれ落ちそうなほど見開かれる。

「今のはどういう意味かお伺いしても……？　カルミア嬢」

「それ……は」

視線を彷徨《さまよ》わせる彼女ににじり寄る。

「まさか貴女が……フリージアを……？」

「ヴュート様！　いくらなんでも、聖女であるカルミアになんてことを仰るのです」

母親のその言葉にハッとしたカルミアが目に涙を溜めてこちらを見上げる。

「確かに……お姉様がいなくなれば……お姉さまの意地悪がなくなればいいと思いましたけれど、そんな恐ろしいことなんてしません！　ひどいわ！」

彼女の態度と言葉に違和感しか覚えられず、静かに睨みつける。

「フリージアの最期を見届けたのは、貴女でしたよね……」

そう言いながらさらに一歩近付くと、彼女は一歩下がる。

「お姉様と最後に会ったのは確かに私です……！　でも、そこにあるハンカチが何よりの証拠ではないですか！　一緒に亡くなったマクレン殿にお姉様が刺した刺繍が……お姉様の心が誰のものだったかなんて見れば分かりますわ！」

彼女が指差した先は、フリージアの遺品が置いてあるテーブル。

カルミアの言ったハンカチを手に取ると、裏にわずかに凹凸のある特殊な織り方のもので、白地に金糸で《恋の紋》が描かれ、その下に古代文字で『マクレン』と刺繍されている。

僕ですら贈られたことのない刺繍のそれに身体が固まる。

「……彼女が刺したものかどうかなんて分からない」

「この生地は昔からうちが特注で仕入れている生地です。それにその刺繍がお姉様かどうかはきっとお祖母様が分かるわ」

そう言って彼女は僕の手から取ったハンカチをマグノリアに渡した。

「……そうね。フリージアの刺したものだわ。この糸の後始末のクセは……あんなに言ったのに直らなかったのね」

じっとハンカチの裏を見ながら震える声で言う彼女が嘘をついているとは思えない。

「さぁさぁ、ヴュート様。これ以上カルミアを刺激しないで下さい。確かに姉妹の仲は良くなかったので、いなくなればいいとカルミアが思うのもしょうがないのですよ。この子はいつもフリージアに虐められていたんです」

追い出すようにソルト公爵夫人が僕を出口へ促す。

「貴方は何年も遠征に行かれていてご存知ないかもしれませんが、社交界でも有名なほどフリージアはカルミアを虐めていたんです。見ていて可哀想《かわいそう》なほどに。私が……平民の出だから……。貴族として生まれ、貴族として育ったフリージアには、カルミアが聖女だったことが許せなかったんでしょう。初めて会った時からあの子は私達を毛嫌いしていましたから」

そんなはずはない。

彼女はあの時、『仲良くなりたい』と、新しい家族のために自ら花を摘んでいた。

あの言葉に嘘は絶対になかった。

彼女が落とした言葉の中にあったのは願いだけだ。

「ヴュート殿。私がシルフェン公爵邸までお送りしますので、どうぞ今日はお引き取り下さい」

マグノリアはそう言って先に玄関に進みながら、退室を促した。


「――我が家の者達が大変失礼いたしました」

揺れる馬車の中でマグノリアが静かに言った。

「いえ、こちらこそ……証拠もないのに感情に任せてカルミア嬢に大変失礼なことを申し上げました」

頭を左右に小さく振り、視線を手元に落としたままマグノリアが小さく呟く。

「……貴方には話しておかないといけませんね――」

「え？」

そうして彼女の口から紡《つむ》がれた言葉は予想だにしない内容だった。

＊　＊　＊

「――私が知っていることはこれくらいです。ただ、あの刺繍のハンカチと一緒に亡くなった男性については私も存ぜぬことですので。最近彼の国の人達もいろいろと調査をしているようですが……」

彼女が語った内容があまりに信じられないながらも、カルミアの言葉が頭の中をこだまする。

『お姉様は、貴方を裏切って他の男と――』

それは呪いの言葉のように、僕の脳内を侵食していく。

マグノリアを見送った後、いても立ってもいられず、再度フリージアの亡くなったあの森を訪れた。

婚約式の時に交換した指輪をぼんやりと眺めていると、落とした視線の先の草むらに何かがきらりと光るのが見えた。

思わずしゃがんで手に取ると、それはフリージアが持っているはずの指輪だった。

僕の石《サファイヤ》と、彼女の石《アメジスト》が交わるようなデザインで作られた揃いのそれは、金の輪が歪《いびつ》に曲がり、彼女の石だけが砕けている。

砕けた石は彼女の想いか、命か。

歪んだ輪は僕の思いか、愛か。

ぱたりと零《こぼ》れた涙が、一つ二つと、彼女の指輪を濡らす。

——会いたい。

このままでは僕の想いはどこにも行けない。

自分の指に嵌った彼女と揃いの指輪に唇を寄せる。

「ジア……」

彼女の名前を口にした瞬間、視界が真っ白に染まった。

＊　＊　＊

白い光から世界を取り戻した時、視界に広がるのは先ほどまで立っていた森ではなかった。

「ヴュート様。どうかされました？」

目の前にいたのはカルミアだった。

「おい、ヴュート！　カルミア様の可愛らしさにボーッとなってんじゃないか？」

そう横から声をかけて来たのは同僚のセザールだ。

「え？」

状況が呑み込めず、あたりを見回すと、そこは草木が生い茂るあの森ではなく、魔素の濃い、魔物の森の手前の駐屯地だった。

「せっかく聖女様が視察に来て下さったんだ。見惚《みと》れてないでシャキッとしろよ！」

そう笑いながら言う力自慢のセザールにバンっと背中を叩かれ、その痛みがこれが夢でないことを知らせる。

「いやですわ。セザール様。まだ十五の私なんてヴュート様から見たらまだまだ子供ですわ」

ねぇ？　と恥ずかしそうに笑いながら言うカルミアに固まる。

十五歳？　さっきまで彼女は十七歳だったはずだ。

まさか……。

信じられない思いで、一番重要なことを彼女に確認する。

「……姉君は、お元気かな？」

「え？　ええ。……お姉様は相変わらずですわ……」

そう言ってカルミアは少し切なそうに、悲しそうに視線を逸らす。

すると横から小声でセザールが窘《たしな》めるように言った。

「おい、あんまりお前の婚約者を悪く言いたくないけどさ。カルミア様はフリージア嬢に虐められてるって話だぜ。ちったぁ、気ぃ遣って話しろよ」

フリージアはそんなことをする人間じゃない。

そう言いかけるが、この状況で言ってもいいことにはならないだろう。

「失礼、カルミア嬢。せっかく魔物討伐の最前線まで慰問に来て頂いたのですが、僕は急ぎの仕事がありますので、ここで失礼いたします。聖女様のご来訪感謝いたします」

「あっ……ヴュート様！」

呼び止めるカルミアの声に足を止めることなく、その場を足早に離れた。

――フリージアが生きている。

その事実に胸が震える。

何がどうやって自分が二年前に回帰したのかは分からないが、そんなことはこの際どうでもいい。

そうと分かればもう魔物討伐などしている場合ではない。

ただただ、彼女に会いたい。

今すぐに。

＊　＊　＊

「――は？　退団する？」

騎士団長のキョトンとした顔とは反対に、こちらは早く退団処理をしてほしくてうずうずしてしまう。

「つってもお前、騎士団長になって、最強の騎士になるのが夢だったんじゃなかったのかよ？いいのか？　途中で投げ出して」

「いいんです。それは急ぐことではありませんから。それよりももっと大事なことができまして」

とりあえず、母の体調不良を理由に退団を申し出たが、騎士団長は納得いかないという顔をしている。

「今お前に抜けられるとこっちはキチィんだよな。副団長にまでなったんだ。もう少しいられないか？　最近西のユレア国の動きが怪しい上に、魔物も増えてるし。近々デカいやつも出てきそうだって話も……」

「無理です」

ニコリとその話を蹴って、早く許可を出せと笑顔で迫る。

あの森で指輪を見つけ、時が巻き戻って数時間。周囲との会話から約二年前の魔物討伐まで回帰したと分かった。

だとすると……おそらくこれから約一年後に《魔竜》が現れ、僕はその時《聖剣》を手に入れるだろう。

でも、それでは遅いのだ。

その間にフリージアが、マクレンとかいう奴と出会ってしまうかもしれない。

《聖剣》も《英雄》などという名声もいらない。

欲しいのはジアだけだ。

「領地に戻っても自領の騎士団の統率もありますし、訓練は続けます。でも、ここにはもういられないんです」

回帰前の記憶を辿ればフリージアから手紙が来なくなったのは、この討伐の頃からだった。

今ならまだ間に合うかもしれない。

奴に出会ったのが先か、手紙を出さなくなったのが先かは知らないけれど、今戻らなければ、今行動しなければ、必ず後悔する。

誰にも渡さない。

そのためだけに、進んできた道だ。

——それでも運命がフリージアを奴と引き合わせたら、その時は……。

「分かった。もう何を言ってもダメみてぇだしな。……大事にしろよ」

「ありがとうございます」

そのまま団長の天幕を出て、父に手紙を書く。

多少強引と思われようが、彼女を引き止めるためには手段を選んでいられない。

戦闘中に傷を付けたくないからと、ネックレスにして首にかけていた彼女と揃いの指輪を本来あるべき指に戻す。

「今度こそ……」

小さく声を漏らし、指で煌《きら》めく紫水晶にキスを落とした。

＊　＊　＊

王都に帰り、退団にあたり陛下に謁見した後、従妹のオリヴィアに声をかけられた。

「ヴュート、お帰りなさい。元気そうね」

記憶にある彼女の子憎たらしい声と、口元に得意げな笑みを浮かべた姿に思わず息を飲む。

回帰前の彼女の記憶は、棺に横たわった彼女だった。

流行病で亡くなったからと、第一皇女の葬儀にも関わらず、質素な葬儀だった。

フリージアの死を知り、単独でこちらに帰る道中オリヴィアの死も知ることとなった。

二人の命日は同じだった。

「オリヴィア。君も元気そうだね」

「そうよ、最近ものすごくいいことがあったからね」

上機嫌な彼女の得意げな態度に、いつもならイラッとしていた。けれど、その懐かしい『聞いてくれ』と言わんばかりの顔に思わず口元が緩む。

彼女の話を聞きたいのは山々だが、今は先にすべきことがあるので、彼女とは今度ゆっくり時間を取ろう。

前回は、遠征に出ていたため流行り病に関して何もできなかったけれど、今回は何かできることがあるあるもしれない。

「僕も久しぶりに会っていろいろ話したいことがあるんだけど、これから帰ってやらないといけないことがたくさんあるんだ。また近いうちに」

そう言って、身を翻《ひるがえ》す。

「後悔するわよ」

「は？」

後ろから投げつけられた言葉に振り向くと、オリヴィアは相変わらず不敵な笑みを浮かべている。

「……何を後悔するって言うんだ」

「フリージアがつい昨日私を訪ねて来たのよ。……聞きたくなぁい？」

オリヴィアの口から出た彼女の名前にピクリと反応する。

燃えるような赤い髪を揺らし、悪魔のような笑顔を浮かべる従妹への返答は、もちろん「聞きたい」以外選択肢はなかった。

「……もう一回言ってくれ」

「だから、あの子は貴方に婚約破棄されると思ってるわよ」

「なんで⁉」

「知らないわよ。シルフェン家から婚約について再検討したいって手紙が来たから多分そういう話だろうって言ってたわよ。あの子、自分の悪い噂が出回ってるからそう思ってるんじゃないの？」

理解の追いつかない内容に冷や汗が垂れる。

「待って。そんなわけないだろう？　婚約期間の短縮を話し合おうと思ったんだよ……」

「そんなことだろうと思ったわよ。でもあの子、婚約破棄を見越してアカデミーに通うつもりよ」

オリヴィアは僕の心配なんてしていない。

ここぞとばかりに目が面白がっている。

「まさか……」

「そう、〝次〟よね」

ケタケタと笑う従妹はいつにも増して王女らしさどころか、令嬢らしさなんてない。

フリージアが次の婚約者を探す可能性の話でイラっとするのに、僕で遊ぶ気満々な笑い声が癪《しゃく》に障る。

「ねぇ、その笑い方なんとかしたら？」

「あら、それ、フリージアにも言ってみなさいよ。彼女の素を見せてもらえたらね！　ホホホホホホ！」

「ぐっ……」

幼い頃からオリヴィアはこうだ。

彼女との仲を得意げに、マウントを取ってくる。

が、突然王女の顔になった彼女は、少しひんやりとした声で言った。

「……貴方が守るんじゃなかったの？　約束が違うんではなくて？」

「守るさ……」

僕が十三の頃のオリヴィアとした約束は、回帰前には守ることができなかった。

だから今度は間違えない。

6、失われた記憶

予想外の方向に進んだシルフェン家との話し合いの後、今日にもシルフェン家にいくための準備をするよう言われ、私は自室に戻り、思わずベッドに倒れ込んだ。

祖母の「あの子はこの家にいてはいけない子」という言葉、それに「分かっています」と答えたヴュートの声が今も頭から離れない。

「この家ともお別れかぁ」

カルミアが来て以来、いい思い出のない家だが、それでもいざ出るとなると少し寂しい気もする。

天井を見上げた私は、ヴュートとの婚約が決まった日のことをぼんやりと考えた。

最初に話を聞かされたのは私が九歳の頃。カルミアがこの家に来た直後のことだった。

メイドに「フリージア様、お父上が書斎に来られるようにとお呼びです」とドアの外から声をかけられた。

なんだか最近メイドや使用人が自分に冷たくなった気がする、と思いながら介添もないままベッドから降りた。

というのも実はその数日前、私は階段から転落して気を失っており、しばらくベッドで過ごしていたのだ。

それまで父から呼び出された経験などなく、きっと怪我の具合を心配してくれたのだと、まだ痛む頭と足を引きずりながら父の部屋に向かった。

書斎のドアをノックすると入室を促され、緊張で震える手で扉を開けた。

『もう元気になりました』かしら？　それとも『ご心配おかけしました』とか？

もっと気の利いた言葉はないかと考えながら父の座る机に視線をやる。

「あ……あの……お父さ……」

「お前の結婚相手が決まった」

絡まることのない視線に、冷たく厳しい声。

なぜ期待なんてしたのか、自分に問いかけざるを得なかった。

「私の……婚約が決まったのですか……？」

「そうだ。お前とシルフェン公爵家の嫡男であるヴュート殿との婚約がな。シルフェン家は国における立場もさることながら、我がソルト家とは経済的繋がりも厚い。お前もこの婚約が両家にとってどれだけ重要か理解して、今後の振る舞いについてもよくよく考えるように」

そうしてチラリと私の頭に巻かれた包帯に視線をやった。

『お転婆など話にならん』そんな言葉が聞こえてくるようだ。

実際、私の階段からの転落はかなりひどいものだったようで、ベッドの上で目を覚ました時には身体中に激痛が走った。

何があったのか分からず混乱していると、ソルト家の主治医と、人が変わったかのような冷たい目をした祖母がベッドの横に座っていた。

「階段から落ちたことは覚えていますか?」

「いえ、……ちっとも覚えておりません……」

祖母の厳しい口調はまるで知らない人のようで、オドオドしながらそう答えると、ため息をついた祖母が眉間に皺を寄せて説明をしてくれた。

数日前、屋敷中を走り回っていた私は、調子に乗って階段から転げ落ち、頭を強打。そのため意識を失っていたと……。

いかにも自分がしそうなことだ。恥ずかしさを笑って誤魔化そうとしたが、追い討ちをかけるように祖母から思わぬことを言われた。

「今まで、貴女を甘やかしすぎたようね、フリージア。これからはソルト家の長女として恥ずかしくないように、きちんと教育していきます」

祖母の声とは思えない硬く、ひんやりした声に頭を上げる。

「お祖母様……？」

祖母はいつも、『貴女らしく、ずっと笑顔のフリージアでいてね』と優しく微笑んでくれていた。

王都の市街地に町娘の格好をして黙って出かけた時も、木登りをしている時も、ウサギを追い回して捕まえた時も、転んで怪我をしても、『楽しそうねぇ』と、笑ってくれた。

その面影が今はどこにもない。

「貴女には妹ができたのですよ。しかも彼女は先日の祝福祭で聖女認定を受けているのです。姉の貴女がそんな状態ではカルミアの評判にも関わります。先日なんて王家主催のピクニックで令息達にいたずらしていたでしょう。見られていないと思ったら大間違いですよ」

「カルミア？　ピクニック？」

なんのことやらまったく記憶にない。

もう何日かで新しい母と妹が来るとは聞いていたが、もうすでにこの屋敷にいるなんて……。

「それすらも覚えていないのですね……」

まるで私を責めるような祖母の声に、身体を強張らせて小さく「はい」と答えるのが精一杯だった。

主治医の話では頭を打つ前何日かの記憶が抜けているとのことで、思い出すかどうかは分からないと言われた。

祖母は大きなため息を吐きながら、数日間のことを説明した。

私が王家主催のピクニックに行った翌日、義母と妹がこの家に来たこと。その次の日には祝福祭に行き、姉妹揃って聖女適性検査に行ったこと。その際、カルミアだけが適性を見せたこと。さらには階段を転げ落ちたのも、私がカルミアを屋敷中連れ回して走り回った結果だと。

「私も……適性検査を受けたのですね……」

カルミアを階段の転落に巻き込まずに済んだことに安堵しつつも、適性検査を受けたことに驚きを隠せなかった。

聖女適性検査は一般的な貴族であれば八歳を超えた頃に受ける儀式で、年に一度の祝福祭の際に両親同席の下、神殿で行われる。

だが、私の場合は父がほとんど屋敷におらず、面倒だからそのうちに……と放置されていた。

しかし今回、カルミアが検査を受けるにあたり、〝ついで〟に受けたそうだ。

そう言われると、なんとなく記憶の片隅にある気がする。

神殿の祭壇に立ったカルミア。彼女の触れた水晶が目も眩むほどの輝きを放っていたような……。

そんなことをぼんやり考えながら祖母の顔を見ると、彼女はついと視線を逸らし、「体調が戻ったら一からマナーと勉強を叩き込みますからね」と言って出て行った。

＊　＊　＊

婚約を知らされた日から、宣言通り祖母は、毎日つきっきりで私の礼儀作法や勉強を見るようになった。

厳しい言葉と態度で進められていくそれは苦痛でしかなく、家族揃った席でも小さなことで祖母に叱責され、私の口数は減っていった。

「お姉様って本当に出来損ないなのね」

カルミアが食事中に突然口にした痛烈な言葉に、私は思わずビクリと動きを止めた。

「え？」

今しがた、私が祖母にスープの飲み方について叱《しか》られたばかりだった。

頬杖《ほおづえ》をつきながらキョトンとした、なんの悪意もないような顔でカルミアは続ける。

「だって私はちっとも叱られないのに、お姉様は怒られてばっかりじゃない。本当にできないことばかりなのね」

食事中頬杖をついている妹に文句の一つも言いたいところだが、彼女はソルト公爵家に来るまで、父の援助があったとはいえ平民として生活していたのだ。

カルミアはこれから《聖女》として、儀式の作法はもちろんマナーなどの教養も身に着けていかなければいけない。

だからこそ、姉の私がきちんとしたお手本になって、妹をサポートしてあげなくては。

祖母の言う通り、今までの私ではいけない。

「そうね、カルミア。きちんと貴女のお手本になれるよう頑張るわ」

微笑みながらそう言うと、思わぬところから悪意が飛んできた。

「まぁ、烏滸《おこ》がましい」

義母の言葉に、笑顔のまま固まる。

「……え？」

「貴女はただの公爵令嬢。それに比べてカルミアは聖女で公爵令嬢なのよ？　何様のつもりなの？　貴女はただこの子の邪魔にならないようにしてくれたらいいのよ」

父も、祖母も、使用人達もいるところで吐かれた暴言。

しかし誰も義母の言葉に反論しない。それどころか、父はさらに義母の援護射撃を始めた。

「その通りだ、フリージア。今まで社交界や私の前では令嬢らしく振る舞っていたようだが、屋敷での生活態度が私の耳に入っていないとでも思ったか。私が屋敷に帰る度、使用人からいろいろ報告を受けているんだ。私の前でだけしおらしくなって媚《こび》を売るとは……恥ずかしいと思わんのか」

父の言葉に何も言葉が出なかった。

その通りだったから。

たまに帰ってくる父に話しかけてほしくて、微笑んでほしくて、抱き上げてほしくて。

鬱陶《うっとう》しがられていると感じていながらも、父が屋敷にいる時は周りをうろついていた。

「……」

「ダンマリか。とにかく、今後はそんなわがままが通ると思うな。せめてカルミアの足は引っ張らんでくれ。シルフェン家との婚約も間違っても破棄などされることのないよう心しておけ。顔合わせは来月だからな」

「……はい」

「ねぇ、お父様。その顔合わせって私も行かないといけないの？　もう一つのセリテル公爵家の男の子のほうがかっこよくて強くて、将来有望だって聞いたけど……。シルフェン家の長男って冴《さ》えない男の子なんでしょう？　剣も強くないし。……お姉様だけいればいいんじゃない？　私、面倒臭い」

つまらなさそうに言ったカルミアの言葉に、信じられないと目を見開くも、私は父の答えを本能で知っている。

「もちろんカルミア達は行かなくていいよ。体調不良ということで母と私とフリージアの三人で行ってくるから」

私に向けたことのないにこやかな笑顔を妻と娘に向けた父に、ただ私の心の穴は広がるだけだった。

そうして私は屋敷に誰も味方のいない日々を過ごし、シルフェン家との顔合わせの日を迎えた。

＊　＊　＊

顔合わせの場所はシルフェン公爵家だった。

「初めまして、シルフェン公爵様、小公爵様。フリージア＝ソルトと申します」

「初めまして、フリージア嬢。今回は息子との婚約を承諾してもらえて嬉しいよ」

「もったいないお言葉でございます。こちらこそ婚約のお話を頂き光栄です」

そう言って祖母に叩き込まれたカーテシーで礼を執る。

顔を上げて二人の顔を見ると、なぜか複雑そうな顔をしていた。

「……初めまして。ソルト公爵令嬢。ヴュートと呼んで下さい」

少し戸惑った顔で、それでも笑顔を頑張って作っている婚約者に「ありがとうございます、ヴュート様。どうぞ私もフリージアとお呼び下さい」と応えるが、どうも不思議な空気が漂っている……。

『コッチじゃなかった』とか思っているんだろうなと勝手に邪推する。

その空気を打ち破るかのように父が話し始める。

「この度はありがとうございます。両家の繋がりがより強固なものとなることを祈っております。ところでヴュート殿、見事な庭園でございますな。よろしければフリージアを案内してやっては頂けませんか？」

気を利かせたのではなく、早く大人の話がしたいだけであろう父のその言葉に、ヴュートは快く返事をした。

甘い香りが広がる庭園を歩きながら、沈黙の時間が過ぎていく。

「あの……、ヴュート様」

「は、はい」

「よろしければ、こちらを……」

そう言って差し出した小さな箱に彼が固まる。

「えっと……これは？」

「この度の婚約の記念にと思いまして……」

箱の中身は祖母に言われた刺繍をしたハンカチだ。

「貴族令嬢なのだから、相手の家紋を刺繍して贈りなさい。そこに必ず加護の紋もつけるように」と。

箱から出したハンカチを手に取ったヴュートは、施された刺繍を見つめ固まっていた。

以前、父に数か月かけて刺繍したハンカチを渡そうとしたところ、「いらん」と目も合わさず言われた。

婚約者の彼がそんなことを言うはずがないと思いながらも、あの日の言葉と記憶が、無意識に私の身体を硬直させる。

「綺麗だ……」

「え？」

柔らかな声で言った彼の言葉に、目を見開く。

「こんな素敵な贈り物……嬉しいです。……ずっと、ずっと大事にします」

そう言って、ダークブルーの瞳で柔らかく微笑んだ彼の顔は、それから何年経っても私の中で色褪《あ》せることはなかった。


こうして両家の話し合いの下、婚約は無事まとまり、私とヴュートは婚約者として交流を持つようになった。

婚約後初めて彼の家にお茶に招待された私は、遅刻してはいけないと屋敷を早く出すぎて約束の時間よりかなり早く到着してしまった。

執事のアンリさんに「坊っちゃまは現在、剣術の稽古中です」と言われ、見学してはどうかと誘われた。

公爵邸の美しい屋敷に目を奪われながら、言われるがままアンリさんについていく。

案内された訓練場ではシルフェン家の騎士達と、王国騎士団の制服を着た騎士達が模擬戦をしていた。

交流練習とか合同練習だろうか？

彼はどこかと探そうとした時、一際小さな影が目の前で吹き飛ばされた。

「っつ……」

ヴュート様……⁉

驚いて息を呑むと、大柄の熊のような短髪の男性が笑いながら吹き飛んだ彼のほうに近寄っていった。

「ははは、そんな簡単に吹き飛ばされるようじゃ今後の訓練が心配ですね。まるで枯れ枝のようではないですか。そんなんじゃ貴方が目指すという〝最強の騎士〟なんて夢のまた夢ですぞ」

その人物に思わず目を見張った。

生きる伝説、王国騎士団長のアシュラン＝キリウスその人だ。

「もう一度、お願いします！」

キッと顔を上げ、立ち上がったヴュートが剣を構えて団長に向き直る。

「うーん。お相手したいのは山々ですが、私も忙しいもので……。そこの新米兵士にお相手をお願いしましょう。おい、そこのへっぴり腰の兄《にい》ちゃん」

「へ？　私ですか⁉」

「そうそう、兄ちゃんだよ」

『へっぴり腰の兄ちゃん』と呼ばれた王国騎士団の制服を着た騎士は、慌てて団長のところにやってきた。

自分のとこの隊員くらい名前覚えてあげましょうよ。

「しばらくお坊っちゃまの相手しといてくんないかな。俺ぁ、そこで茶ぁ飲んでるからよ」

暇やないか!!

さっき忙しいと言った口で、公爵家の嫡男相手にすごいことを言う……と開いた口が塞がらない。

ここまでコケにされたら怒るんじゃないかと思いながら、ちらりとヴュートを見ると、彼は黙って『へっぴり腰の兄ちゃん』に向き直った。

「よろしくお願いします」

「は……はいっ」

丁寧に礼をされた新米騎士は強張った顔で礼をして構えた。

「おい、『へっぴり腰』君。お坊っちゃまだからって手ェ抜くんじゃねぇぞ。サボったら屋敷の周りを二十周走らせるからな。終わんなくても今夜寝られると思うなよ」

アシュラン団長のその言葉にヒュッと彼の背筋が伸びる。

公爵家の周りなんて一周走るのに小一時間はかかる。

王立騎士団ってこんなにスパルタなの……？　などと思いながら向き合った彼らの手合わせをハラハラして見守る。

そうして始まった手合わせは……。

……ヴュート、弱すぎない？

ヴュートの剣は一向に『へっぴり腰』のお兄さんに当たる気配がない。

なんか、見てて可哀想になってくる。

「フリージアお嬢様。そろそろ約束のお時間ですが、ヴュート様にお声かけしましょうか？」

横に立っていた執事のアンリさんが小さく耳打ちをした。

「いえ……よければ見ていてもいいですか？」

「お嬢様がそう仰るのであれば」

柔らかく微笑みながらそう言って彼は椅子を持ってきてくれたが、やんわりと断った。

「もうひと勝負、お相手願います！」

何度負けても諦めずに戦いを挑むヴュートだが、後ろから団長の圧を感じる『へっぴり腰』君は、右に左にと攻める手を休めず、彼の劣勢は変わらなかった。

ただ、何度目かの負けを越えて、勝負が決まるのが長引いてきていた。

「ハッ……ハァッ……ハッ……」

小さく、浅い呼吸を繰り返すヴュートに、今にも倒れるんじゃないかと心配になる。

「も……、もう一度……」

ふらふらと騎士に向かっていく彼をハラハラと見ていると、一撃で弾《はじ》かれていた剣は落とされることなく、彼の手の中で堪えている。

「あっ……」

騎士の剣をいなしたヴュートのそれが相手に向かい……

カクン、と膝から崩れ落ちた。

「はーい。そこまで」

ずっと日陰でメイドにお茶とお菓子を給仕されていたアシュラン団長がのっそりと立ち上がりそう言った頃には、すでに日が傾きかけていた。

「坊っちゃんは限界みたいだから、今日はここまでにしておきましょう。ゲイルもご苦労さん」

『ゲイル』と声をかけた団長の言葉に、あえて騎士を『へっぴり腰』と言った意図を知る。

「僕はまだ……っ」

「お客様もお待ちのようですしね」

団長がにこりとこちらに視線をやると、その先を辿ったヴュートと目が合う。

「フ……フリージア嬢……。いつから……そこに」

だんだんと真っ赤になっていくヴュートを団長がニヤニヤと見ている。

「ご無沙汰しております、ヴュート様。そして初めまして、アシュラン王国騎士団長様。フリージア＝ソルトと申します」

裾を軽く摘み上げ、貴族令嬢としての礼を執る。

「あぁ、ソルト家のご令嬢でしたか。初めまして。アシュラン＝キリウスです。ずっと立ちっぱなしでお疲れでしょう。中にでも入りましょうか」

いや、貴方のお家ではないでしょう⁉

と思いながらも、そういえばアシュラン団長はシルフェン公爵様と旧知の仲と聞いたのを思い出す。

「立ちっぱなしって…いつから」

驚いて動けないのか、膝に力が入らないのか、崩れ落ちたまま微動だにしないヴュートが呟く。

「えと……その……」

なんて言ったらいいか分からなくて口籠もると、「へっぴり腰君とやるとこからですよねー」

とにこやかにアシュラン様が言う。

「アンリ！　フリージア嬢が来たなら教え……」

「違うんです。私が訓練を見たいと言ったんです」

「お恥ずかしい……ところを」

少し俯きながら、腕で顔を隠す彼の前にしゃがみ込む。

「いいえ。とても素敵でした」

「どこが……一度も、相手に剣が掠《かす》ることなく。最後は体力切れです」

そうは言っても相手は彼よりいくつも歳上だろう一回り大きな身体つき。団長から見れば『へっぴり腰』といえど、選ばれた者しか入団することのできない王国騎士団の団員だ。鍛え方も体力も技術も、雲泥《うんでい》の差があるはずだ。

「いえ、とても素敵でした。私にはないものをお持ちのヴュート様が羨《うらや》ましいです」

「え……？」

キョトンとするヴュートは私が何を言っているのか分からないだろう。

相手のほうが強いと、敵わないと分かっていても立ち向かう勇気。

私は誰にも向かっていけない。

諦めることを覚えてしまったから。

だって拒絶されるのが怖いから。

いつだって相手の顔色を見て機嫌取りをしようとしている、卑怯《ひきょう》な自分が恥ずかしかった。

目の前で彼がこんな姿を見せてくれても、私には真似をすることもできない。

そんなことを考えていると、団長がひょいとヴュートを担《かつ》いだ。

「うわっ。何を……」

「何って、膝に力が入らんのでしょう？　いつまでもここにいるわけに行きませんし。フリージア嬢をずっとここにいさせるおつもりですか？」

「……っ。自分で歩けます……」

「婚約者殿の前で格好つけたい気持ちは分かりますが、そんな生まれたての子鹿のような状態では屋敷の中にたどり着くのは真夜中ですよ」

団長はそう笑って、彼を担いだまままさっさと屋敷の中に入って行った。


あの時、真っ赤になって不貞腐《ふてくさ》れたヴュートの顔を可愛いと思った記憶は、それから九年が経っても私が宝物のように大切に抱きしめてきたものだ。

そして彼に裏切られ死に戻った今でも、未《いま》だ鮮明に思い出され、私を惑わせた。

「昔のことを思い出しても仕方ないわ。どんな思い出があろうとも、彼がこれからカルミアを選ぶ事実は変わらないのだから」

乾いた笑いを溢し、私はそう自分を戒めて、ベッドから起き上がる。そうして、彼の記憶を振り払うかのように頭を振って荷造りを進めた。

7、シルフェン邸

「君にはこの部屋を、マグノリア様には隣の部屋を使って頂こうと思う。ひと休みしてから遅めの昼食にして、それから屋敷を案内してもいいかな？」

頭二つ分、私より背の高いヴュートが、上から覗き込むように言う。

案内された部屋は屋敷の二階にある最奥《さいおう》の部屋。

大きな窓から屋敷の奥にもある広大な庭が一望できる、日当たりのいい部屋だった。

あの話し合いが終わってから数時間のうちに、私は馬車でシルフェン公爵家へと向かった。

自分の荷物などほとんどなく、机の中身と小さな本棚、数着のドレスにわずかばかりの母の形見だけだった。

祖母は後日ゆっくり荷物を動かすということだったので、最低限のものだけ荷物に詰めていた。

広大な敷地を誇るシルフェン公爵家の屋敷は敷地内の奥に森や湖畔があり、川も流れている。

「ありがとうございます。あの……公爵夫人や弟君にご挨拶をしたいのですが」

私に早くここに来るよう求めたのは公爵夫人だ。一番先に挨拶すべきだろう。

そう思ったのに、思わぬ言葉が返ってきた。

「母は今、弟のトリスタンと王家の療養地に行っているんだ。体調が落ち着けば帰ってくる予定だから、とりあえず君はここでの生活に慣れるところからお願いしていいかな」

まさかの当人不在に驚きつつも、こればかりはどうしようもない。

「かしこまりました。では、準備が終わりましたら食堂に参ります」

「場所は覚えてる？」

「ええ、もちろん。以前と変わりなければ」

彼は一瞬固まった後、にこやかに言った。

「君が来てくれた時から、変わっていないよ。……じゃあ、また後で」

そう言って部屋を出て行った。


カバンの中に入っていたものを取り出し、机に置く。

母の形見と彼にもらったもの、そして小さな頃から大事にしていた『ガイゼル旅行記』だ。

本棚の一番端に隠すように置かれていたそれは、私が一番初めにカバンに入れたものだ。

カルミアがソルト公爵家に来てからはほとんど開いた記憶はないが、幼い頃から母や祖母に繰り返し「読んで！」とせがんでいたので今やボロボロで、糸がほつれている部分もある。

ぱらりとめくったそのページには、各国の景色や料理、その地域に住まう動物や魔物が描かれていた。

「もう一度、夢を見てもいいかしら」

幼い頃夢見た景色は本の中に変わらずある。

そっとその絵に触れ、しばし目を閉じた。


食堂へ行くと、ヴュートとお祖母様が座っていた。

ここでも、ミスをしたらお祖母様に怒られるのかしら。

そう心の中でため息をついていると、公爵様が着席し昼食が始まった。

給仕されたお皿の上には、鶏肉《とりにく》らしき肉。焼いてあるにもかかわらずピンク色のその肉を見て、まさかこれは……と思ったその時。

「あら、これは……」

と、祖母がポツリと呟いた。

「マグノリア様、お気付きになりましたか。そうです、フロロ鳥です。お好きですか？」

「え……えぇ」

フロロ鳥はフロロ島という王国から離れた島に棲《す》む鳥で、柔らかな肉質と溢れる肉汁に肉臭さを感じさせない味で、ほとんど市場に出回らない高級食材。

ソルト家では年に一度食べられるかどうかという代物だ。

「実は、敷地内でフロロ鳥を飼っているんです。他にも牛や羊などいろいろな動物を飼っているので、よかったら後ほどご案内しますよ」

フロロ鳥を飼っている？

名前に似合わず好戦的な肉食の鳥で、飛翔スピードも速いと聞くが、そんな簡単に飼えるものなのか……？

疑いつつヴュートのほうを見ると、にこりとこちらを見て微笑む。

「フリージアもフロロ鳥は好きかな？」

もちろん、めっちゃ好き！

そう心で叫びながら「ええ。好きです」と澄まして答えた。

その後に続く料理も、フロロ鳥の獲《と》れる地域の料理をアレンジしたものだとか。

見たこともない料理に内心ワクワクしながら、シルフェン家の料理人の腕に舌鼓《したつづみ》を打った。

「ご馳走様《ちそうさま》です。とても美味しかったわ」

そう言ったお祖母様の言葉に、はっと彼女の存在を忘れていたことに気付く。

食事の間、いつものような厳しい言葉は一つも飛んでこず、美味しい料理とヴュートと公爵の楽しい話に、久々に食事を楽しんでいる自分がいた。

祖母も珍しい料理を前に私のマナーなど気にもならなかったのだろうか。それともよそ様のお宅では小言を言うのを控えたのだろうか？

「ご馳走様でした。シェフや料理人の方々に美味しかったとお伝え下さい」

最後のデザートまで食べ終え、祖母がそう伝えるとヴュートは照れたように「お褒めにあずかり光栄です」と答えた。

……ん？　なぜ貴方が照れる!?

「本当はもう少し熟成させてお出ししたほうが美味しかったとも思いますが、それはまたの機会に味わって頂けると嬉しいです」

「じゅ、熟成？」

「はい、このフロロ鳥は今朝獲ったのですが、まさかお話に行った当日に来て頂けると思わなくて。でもお口にあったなら何よりです」

まさかと思い固まっていると、そこに公爵様によってさらなる爆弾が投下される。

「よかったなぁ、ヴュート。朝から仕込んだ甲斐《かい》があって」

周りのメイドや執事もニコニコと微笑みながらヴュートを見ている。

ドアの入り口からは暖かい目で見守る料理人が顔を覗かせていた。

「ヴュート様の……手料理……？」

「はい」

満面の笑顔でこちらに返事をする彼に、言葉に固まった。公爵家の令息が料理をするなんて聞いたことがない。

「お料理が……お好きなのですか？」

「ちょっと作ってみようかなと思ったらハマってしまって。あっ……料理をする男性はお嫌いですか」

何を考えたのか、にこやかから一転、真っ青になったヴュートに焦《あせ》って返す。

「いえ、素敵だと思います。趣味があるって素敵ですよね」

私、趣味がないからな。

趣味どころか自分の時間なんてまったくなかったからね……。

ソルト家での日々を苦々しく思い出す。

「少し休まれたら、敷地内をご案内しようと思うのですがいかがでしょうか？　それとも食後の散歩がてらすぐ行きますか？」

ヴュートがそう言うと、祖母は柔らかく微笑みながらも「お気遣いありがとう。でも今日は部屋でゆっくり過ごしてもいいかしら。年寄りにはなかなかハードな一日だったわ。フリージアと二人で行ってきて」と、やんわりと断った。


シルフェン公爵邸にはヴュートのアカデミー入学前に来たきりで、それも訓練場、サロンでお茶、ダイニングでディナーを頂いたぐらいなので、その他の膨大な敷地は未知の世界だった。

三大公爵家の中でもシルフェン家は群を抜いて歴史も古く、資産も領地も屋敷もソルト家と比べ物にならないほど大きい。

コの字型に作られた本邸の中庭には大きな噴水があり、それを囲む池には真っ白なハスの花が咲き乱れている。

「綺麗……」

思わずそう呟くと、ヴュートが嬉しそうに微笑んだ。

「気に入ってくれてよかった。君に特に案内したい場所があるんだけど」

そう言って案内してくれたのは、見上げるほどの本に囲まれた図書館だった。

中央は三階まで吹き抜けになっており、本棚に沿うように通路や階段が備え付けてある。

「編入試験の勉強もあると思うから、この図書室は君の好きに使ってくれていい」

いや、図書室じゃなくて図書館じゃん⁉

「僕のおすすめの席はここ。窓からハスの池が見えて、勉強で煮詰まった時に外を眺めるとちょっと気持ちが落ち着くんだ」

ニコニコと窓の外を指差しながら図書館……図書室の説明をしてくれる。

「あ、でも一番のおすすめは二階だよ。僕のお気に入りの場所なんだけど」

そう言って今立っている場所の上を指差した。

「本棚と窓の間にある席で、丁度死角になって個室みたいな感じだから集中しやすいかもしれない」

にこやかに説明されながら階段に連れて行かれる。

二階に上がると、本棚の裏と窓の隙間に一つ席が設けられており、外から遮断されたような、とても居心地のよさそうな空間があった。

ぽつんとある机には、外から柔らかな光が差している。

「素敵……」

「よかった！　気に入ってくれた？　好きに使ってくれていいからね」

思わずこぼれた言葉に、ヴュートが嬉しそうに言った。

お気に入りの場所と言っていたけれど、もう勉強には使わないのかもしれない。

アカデミーも彼は以前首席で卒業しているため、試験なしで再入学できることが決まっている。

だからと言って合格者の枠が減ることはなく、試験で一定の点数を取れば入学できる仕組みになっている。

まあ、その試験がかなりの難関と言われているのだけれど……。


その時、二階の窓から森の中のドームが視界に入った。

温室か何かだろうか。

「あれは、さっき話していたフロロ鳥の飼育場所だよ」

声に出して聞いたわけではなかったのに、私の視線の先を覗き込むようにヴュートが言った。

「あれがフロロ鳥の？」

「行ってみる？　丁度訓練中かもしれないけど」

訓練ってフロロ鳥の躾《しつけ》か何かだろうか？　そう首を捻《ひね》りながら案内されたところは、実質本邸の二倍はあろうかという高さのあるドームだった。

金網《かなあみ》のドームは森の一部をすっぽり囲っており、先ほどから私達が歩いているのは森の中だ。

「危険だから僕から離れないでね」

「はい」

重そうなドアを開けて森の中をしばらく進んでいくと、声が聞こえた。

「あっちに先回りしておけ！」

「追い込むぞ！」

「あっ！　躱《かわ》された！」

「お前ー！　せっかくここまで追い詰めたのに何してんだよ！」

と数人の怒号が聞こえる。

「あ、やっぱり訓練中だった」

そう言って開けた場所に出ると、三人の騎士が言い合いをしていた。

訓練……？

「お前トロいんだよ！」

「何言ってんだよ！　さっきお前がミスしたから俺が最後の締めに回ったんだろ。自分ができてから言えよ！」

「おい、喧嘩してる場合じゃないだろ！　さっさともう一度……」

「まだ捕まえられないのか」

言い合いをしている三人にヴュートが声をかける。

「「「ヴュート様!!」」」

こちらに振り向いた三人が彼の姿を認めて敬礼する。

こんなところに女性がいるのが珍しいのか、チラチラとこちらを見る騎士達の視線を感じる。

「こちらは僕の婚約者のフリージア＝ソルト嬢だ。今公爵邸の案内をしているところだ」

「初めまして。フリージア＝ソルトと申します。以後お見知り置きを」

そう言って礼を執る。

「はじ……」

「ところで、いつからやっているんだ？」

騎士の人達が返事を返そうとしてくれたのを遮ってヴュートが彼らに尋ねた。

「はい……二時間ほど前から。フロロ鳥のスピードについて行けず……」

「しかも時間をかけすぎているからか、興奮したフロロ鳥が攻撃的になってまして……」

その会話を聞いてまさかと思う。

訓練ってフロロ鳥を捕まえる訓練⁉

確かフロロ鳥を捕まえるのは餌で誘《おび》き出して罠《わな》に掛けるのが一般的だと聞いたことがある。

飛んでる鳥を直接捕まえるのは不可能なのでは……。

そんなことを考えていると、「キュィー」という甲高い鳴き声が聞こえ、空を見上げた。

と、鳴き声がやんだと同時に足を踏ん張るほどの風圧を感じ、思わず目を閉じると、ドサリという大きな音がした。

「何っ……？」

「フリージア嬢！」

風圧でよろけた身体を、温かな腕が支えてくれたのが分かる。

ふわりと鼻腔《びこう》をくすぐるムスクの香りに目を開けると、至近距離でダークブルーの瞳と視線がぶつかり、心臓が大きく跳ねた。

「大丈夫ですか？」

抱き支えられている上、耳元でヴュートの低音が響いて身体がビクリとする。速く大きく跳ねる鼓動に上手く呼吸ができない。

「え、あ、ヴュ……」

その動揺に追い討ちをかけるかのような目の前の光景にギョッとした。

「えぇ!?」

そこには黄色の嘴《くちばし》に頭部から尻尾にかけて濃いグレーから白のグラデーションのかかった羽の生えた、フロロ鳥と思われる鳥が横たわっていた。

何より驚いたのはその大きさだ。

昔、図鑑で見たフロロ鳥は両翼を広げても大人の半分程度の大きさだったが、そこにいるのはそれよりはるかに大きい、私の倍近くありそうな個体。

「怪我はない？」

フロロ鳥の巨体に視線を奪われていたところにヴュートの声が聞こえた。

先ほど返事をしなかったからか、不安そうにこちらを覗き込んでいる。

そうですね、取引先の娘ですから心配ですよね。

でも、それ以上綺麗な顔を近付けると貴方の取引先の娘は心臓発作を起こしそうです。

そんなことを考えながらも表情は令嬢の仮面を崩さない。

「ありがとうございます。どこにも怪我はありません」

そう言って彼の腕から離れようとした時、後ろで歓声が上がる。

「さ、さすがです！　ヴュート様！」

「俺にはあの一撃はギリギリ目で追えたぐらいです」

「馬鹿言え！　二発は打ち込んでたぞ」

なんの話？

「お前ら、そんなんじゃいつまで経っても実戦に出られないぞ。向かってくるフロロ鳥くらい仕留められるようになっておけ」

そう小さくため息をつくヴュートは少し呆《あき》れているようだ。

だから、なんの話？

私には、鳴き声しか聞こえなかったけど？

『向かってくる』って言った？

私がポカンと上を見上げている間にこの巨体を仕留めた？

いつ？

「これは……今、ヴュート様が……？」

プルプルと震える指で横たわる巨体を指すと、彼はこちらを見た後、一拍置いて……。

「……うん」

と照れた。

いや、なぜ照れる⁉

そしていつまで私を支えている⁉

スッと彼の腕から逃れ、風圧で飛んできた草や葉っぱをはたき落とす。

「助けて頂き、ありがとうございました。まったく気付かず、知らぬ間に命を落とすところでした」

あんな巨体が突っ込んできたら即死間違いない。

「こちらこそ、このようなところに案内してしまい申し訳ない。普段は人を襲わないから、飛んでいるところを確保する簡単な訓練のはずが……指導が行き届かずお恥ずかしい」

そう言ってシュンとしたヴュートが頭を下げる。

「疲れたろう？　屋敷に戻ってお茶でも飲もうか」

ヴュートは三人の騎士に「後は任せた」と指示を出し、私達は飼育場を出て行った。


ヴュートにエスコートしてもらいながら屋敷に戻る道中、今見た……ではなく聞いた攻撃が信じられない私は、彼を凝視してしまう。

本当に王国騎士団副団長というのは伊達《だて》ではないようだ。

「ええと……フリージア？　どうかした……？」

視線を進行方向に向けたまま、困ったような顔で聞かれた。

「あ、ごめんなさい。なんでも……ないです」

「そう……？」

初めてこの屋敷を訪れた時には、相手に剣を掠らせることすらできなかった少年は、一体どれだけの努力を重ねたのだろうか。

婚約以降何度かお邪魔したシルフェン公爵邸だが、ヴュートがアカデミーに入学してからは一度も訪れる機会がなかった。

ヴュートはアカデミーの勉強に加え、卒業後に入団が決まっている騎士団に在学中から出入りしていて忙しかった上、私も祖母のスパルタ教育とカルミアの《聖女》としての手伝いに忙殺されており、二人で会う時間が取れなかったからだ。

ヴュートが入学、卒業を経て長期遠征に見送りに行くまで、彼と顔を合わせたのは婚約者として出た王家主催の舞踏会とお茶会の二回だけだった。

頻繁にやりとりした手紙にも、アカデミーで騎士になるべく過酷な訓練をしているとか、遠征の大変さなどは微塵《みじん》も書かれておらず、どれほど彼が頑張っているのか私には想像だにできなかった。

ヴュートから届く手紙はただただ、私への優しさと気遣いが溢れたもので、その中には私への愛もあると……愚かにも信じていた。

8、二人の距離

今思えば、『愛』はとんでもなく図々《ずうずう》しい勘違いだったと自嘲しながらも、あの日見た、まだ華奢《きゃしゃ》な少年だった彼が瞳に宿していた闘志は綺麗だったなぁと思い出し、思わず笑みがこぼれる。

「何を笑ってるの？」

「いえ、以前こちらで拝見した訓練を思い出して」

そう言うと彼の顔が真っ赤に染まる。

「あ、あんな昔のこと覚えて⁉」

「え？　もちろん。忘れられない光景です」

「いや、忘れてくれ！　あんな恥ずかしい記憶！　今すぐに消してほしい！」

「恥ずかしくなんて……。むしろ自慢してもいいと思いますけど」

「自慢することなど何一つないよ。本当に……恥ずかしい」

その、不貞腐れたような照れた顔も、あの頃と変わらないなと懐《なつ》かしく思う。

彼はあそこから自分の力で這い上がったのだ。

どれほどの努力が必要だったか想像もできない。

「いえ、諦めないってとても難しいと思います」

「え？」

彼のその言葉は聞こえないふりをした。

あの時、アシュラン団長が彼に言った『最強の騎士になるという夢』。

あの頃の彼を見て誰が『最強の騎士』になどなれると思うだろうか。

正直、十三歳であのレベルでは遅すぎたと思う。

剣について何も知らない私ですら『弱すぎない？』と思ったほどだ。

以前、オリヴィアから聞いた話ではアシュラン団長は八歳にして王国騎士団の騎士達と互角に渡り合っていたという。だからこそ最年少で王国騎士団の団長に上り詰められたのだと。

だからヴュートには誰も期待などしていなかっただろう。

『最強の騎士』だって、少年期特有の夢だと微笑ましく見守っていたに違いない。

――届かない夢を追うのはつらい。

それでも彼は諦めずに追い続け、今から一年後には『最強の騎士』である《英雄》の称号を手に入れるのだ。

私も二度目は『夢』を追う。

家や周りの人間に縛られた人生ではなく、自分らしく生きるための夢を。

すべてを諦めた挙句、惨めに殺された一度目の人生のような終わり方はまっぴらごめんだ。

そのためにはまずウォーデン国立アカデミーへの編入と首席卒業。そしてヴュートとの婚約破棄。カルミアに《日輪の魔女》としての判断材料を与えないことも必須条件だ。と、心に刻み込んだ。

＊　＊　＊

「フリージア？」

フロロ鳥の飼育場を出て屋敷に戻ったあたりから、彼女は上の空だった。

僕がこうして彼女のためのお茶を入れている間も、ぼんやりと外を眺めている。

カチャリとわざと音を立てて彼女の前にお茶を差し出すと、その音に反応したのか、彼女の薄紫の瞳と視線がぶつかった。

「え⁉」

「え？」

彼女の驚いた声に自分も思わず反応する。

「今、……ヴュート様がこのお茶を淹《い》れられました……？」

先ほどから僕が準備していたが、ぼんやりしていた彼女は気付かなかったようだ。

「うん、僕が淹れたよ。疲れたろう？　疲れの取れるカモミールティーを用意したんだけど、ミルクや砂糖は入れる？」

令嬢らしからぬポカンとした顔で、僕の顔と手元のお茶の間で視線を往復させる。

「ええと……ミルクを……？」

今いち何かが繋がっていないようで、語尾に疑問符がついている。

「はい、どうぞ」

「……いや、おかしくないですか？」

「何が？」

「先ほどメイドの方が茶器とお菓子をこちらに持ってきていたと思うのですが……」

「ああ。僕が淹れるからと下がらせたよ」

「はぁ……。はぁ？」

意味が分からないと言った顔をした彼女は、少し素が出ているように見える。

もっと見たい。

あの頃の彼女を。

僕の時間が巻き戻る前、彼女は死ぬまで常にどこか壁があった。

笑うことはほとんどなく、遠征に行く際見送りに来てくれた時も、「待っています」と言ってくれた時も、先ほどのように微笑むことはなかった。

「遠征に行くと、自分のことは自分でしないといけないからね。お茶も淹れられるようになったし、料理もそうやって覚えたよ」

そう言うと、彼女は「そうなんですね……」と腑《ふ》に落ちないながらも、納得したようだった。

でもそんなのは真っ赤な嘘だ。

身の回りのことをある程度自分でしないといけないというのは本当だが、最前線にカモミールティーなんて淹れている余裕はない。

十三の時から頭に、身体に叩き込んだのだ。

いつか、彼女と世界中を周るために。

＊　＊　＊

――あの王家のピクニックで、初めて彼女と出会ったすぐ後のことだ。

「フリージア＝ソルト嬢のことを知ってるかですって？」

目の前に座る、四つ年下の従妹の王女がクッキーを口に半分入れた状態で言った。

「そう。オリヴィアなら彼女のこと知ってるんじゃないかと思って……。こないだ王家主催のピクニックの時にいろいろあって……えと、その……」

オリヴィアとフリージアは同い年だ。公爵家は王家に次ぐ上位貴族。その家の令嬢なら王女と交流があってもおかしくない。

そう思ってオリヴィアに聞いたのだが、何か勘づいたようで口元をニヨニヨと動かしている。

「ふーん。知ってるわよ。だって超仲良しの大親友だもの！」

ふふんと九歳の従妹は超得意げな顔をして言った。

その言葉に思わずゴクリと喉を鳴らす。

「だ、……大親友」

羨ましい……。

「そうよ。あの子のことはなんでも知っているわ。ヴュートもあの子の魅力に気付いたのね。なかなかいい目をしていると褒めてあげたいけれど……」

「彼女に婚約を申し込むことになったんだ」

おしゃべりな従妹の話が長くなりそうなのを察して、言葉を途中でぶった斬る。

「……んなっ。聞いていないわ！　あの子に婚約を申し込むなら一言私に……！」

「どうして君に言わないといけないんだ」

「うっ……」

確かに公爵家の婚約者の選定には王家の事前の承認が必要だが、従妹とはいえ王女にまで断りを入れる筋合いはない。

「……ふふふ。まぁいいわ。だって貴方が好きになってもらえるかは分からないものね。だってあの子の憧れ……いいえ、好きな人はアシュラン＝キリウス王国騎士団長だもの……。貴方のようにヒョロンヒョロンの人を好きになってくれるかしら」

「アシュラン殿……」

従妹の挙げた名前に身体が強張る。

父と仲のいいアシュラン団長はよくシルフェン家に遊びに来る。

暇な人ではないはずなのに、時間ができたと言ってはうちに来て、僕も小さい頃からよく遊んでもらった。

豪快に笑い、よく喋《しゃべ》る彼は、誰をも惹きつけるカリスマ性がある。

最強の騎士でありながらどんな人との間にも壁を作らない彼を、人間的にも、騎士としても尊敬している。

以前トリスタンが体調を崩した時にも薬草を探すために奔走してくれた情に厚い人だ。

「それに、あの子の夢は世界中を旅行することなのよ。安全な場所だけじゃないわ。世界の端にある一面氷に包まれた世界や、はるか西にある青く燃える山、広い海の真ん中に浮かぶ島々の光る洞窟。そんな時、貴方がフリージアを守ってあげられるかしら？　すべて護衛頼みでは、なんとも頼りないわ。っていうかそもそも貴方にはそんなところについていく度胸がないのではなくて？　その点、私なら『最高の騎士』を護衛にフリージアとエンジョイトラベルよ！」

自分だって他人に頼ってるじゃないかと言いたいけれど、彼女は『王女』だ。

ほほほほと、笑うオリヴィアの言葉に拳をギュッと握りしめた。

「じゃあ、僕が最強の騎士になる。誰よりも頼りになって、誰よりも彼女を守れる男になるさ」

そう言うとオリビアは僕の顔をじっと見た後、笑い声を止めた。

「口で言うのは簡単だわ」

「そうだ。でも、決めたからには必ずやる」

沈黙が広がるが、オリヴィアはとても九歳とは思えない目つきで僕をじっと見てくる。

「いろんな意味で守ってよ……。どんな時でも、何があっても」

先ほどまで僕を笑っていた彼女はどこにもいない。

「誰にも譲らないよ。君にも」

そう言うと彼女は不敵に笑った。

「貴方がフリージアを守るのね……。その言葉。違えることのないよう祈ってるわ」

あの時、オリヴィアの中にどんな気持ちがあったのかは分からないが、僕は進むべき道と目標を決めた。

「とりあえず、騎士の訓練はアシュラン様にいい指導者がいないか聞いてもらう。それから、料理に、洗濯、家事全般できるようになる！」

そう言って拳を握りしめると、オリヴィアはガクンとうなだれた。

「なんでそうなるのよ！　騎士の訓練は分かるけど、料理とか関係ないじゃない！」

「いや、ある。彼女の行く場所は辺境の地だろう？　メイドやコックなんて大人数で行けない場所もあるだろう。そうなると誰が食事を作るんだ？　僕だよ」

「いや……」

死んだ目で僕を見るオリヴィアは言いたいことがありそうだが、無視をする。

「野草だって、キノコだって毒のあるなしを見分ける力も必要だろう。動物だって、下処理できなければ食べられたものじゃないと聞く。疲れた時に彼女が口にする食事だって重要だ！」

「あんた、それ、二人きりで旅行に行きたいだけじゃん……」

「じゃ、僕はこれから忙しくなるからお暇《いとま》するよ」

そう言って席を立つと、「早いな、オイ！」と王女らしからぬどころか、淑女らしからぬ言葉が飛んできた。

＊　＊　＊

「ヴュート様？」

カモミールの香りが漂う中、フリージアの戸惑ったような声で思い出から現実に引き戻される。

「あぁ。ええと、フィナンシェは好き？」

そう言って焦がしバターをたっぷり使った焼き菓子を差し出した。

「ありがとうございます。……頂きます」

実はこれも僕が作ったのだが、そう明かして彼女に食べてもらえなかったら、という不安がよぎり何も言わずに数個お皿に載せた。

それを口にした彼女が、小さく「美味しい」と呟いただけで、身体が震えるほど嬉しかった。

「ところで、ヴュート様は一度卒業なさったのになぜまたアカデミーへ？　何を学ばれるご予定ですか？」

「以前も学びたいことはたくさんあったけど、まずは実戦に出ることが先決と思い、騎士学部を選んだんだ。フリージアは何学部を目指してるの？」

彼女の質問には明確に答えず、質問を返した。

「私は魔法学部で魔法学と国際政治学を主に学ぼうかと思っております」

では僕も。そう心で言いながら、笑顔で「僕と同じだ」と相槌《あいづち》を打つ。

「自分の選んだ学部だけでなく、他の学部の授業も選択できるというのは素晴らしいよね」

そのフリージアの言葉に同意しつつも、国際政治学部に彼がいることを思い出す。

マクレン＝ヴェルダー。

あの日、フリージアと一緒にこの世を去った男だ。

遠征から帰ってすぐ、一緒に亡くなったという男を調べたところ、素性は簡単に分かった。

隣国・ウィンドブルのヴェルダー商会の息子で、留学生として国際政治学部に入学していた。

当時、彼とフリージアの接点は分からなかったが、《恋の紋》の刺繍を贈るくらいだ。

遅かれ早かれ彼と接点を持つのは避けられないのかもしれない。

これも二人を結ぶ運命だろうか、と不吉な考えが脳裏を掠め、胸が締め付けられるような痛みを覚える。

湧き上がるドロドロした感情はおくびにも出さず、彼女に笑顔で提案する。

「……フリージア。僕達はもう婚約期間も長いし、そろそろ関係を一歩先に進めないか？」

澄んだ紫水晶の目が見開かれ、こちらを見上げる。

雪と見紛《みまが》うほど白く滑らかな頬に、思わず触れそうになるのをなんとか堪える。

「関係を……？」

不安げに揺れる瞳に照れや羞恥は微塵も感じられない。

あるのは『怯《おび》え』だけだ。

僕の何に怯えると言うのか……。

「うん……。僕らは何年も初めましての段階からなんの進展もないと思うんだ」

「そうは仰っても……」

つい……と視線を逸らす彼女は困惑を隠せない様子だ。

困らせたいわけじゃない。

でも、このままの関係でいいとも思わない。

彼女の卒業を待って結婚すると言っても、アカデミーにはあの男がいるのだ。

同じ轍《てつ》は踏まない。

――踏めない。

＊　＊　＊

「――関係を一歩先に進めないか？」

ヴュートのその言葉に身体が強張る。

彼と距離を縮めるなどとんでもない。

死に戻ったからには、あの頃の思いは捨て去り、自分の夢を追うと決めたのだから。

距離を広げることはあっても縮めることなど望んでいない。ただでさえシルフェン公爵邸に来るという想定外の事態なのに。

それに彼にとってもこの婚約は家の利益のための政略ありきのもの。ソルト家のお荷物の私を引き取ったのも、公爵夫人の仕事を覚えさせるためであって距離を詰める必要などないはず。

一体何を考えているのか。

「そうは仰っても……」

じっとこちらを見るヴュートの右側から夕日が差し、じわりと身体の芯が震えるようなえも言われぬ雰囲気を醸《かも》し出している。

トン……と、目の前のテーブルに彼が手をつき、こちらに少し顔を近付ける。

「あの……？」

綺麗なダークブルーの瞳が近付いてくる。

心臓が早鐘を打ち、距離を縮めてくる彼の顔から視線が逸らせない。

後ろに下がろうにも、いつの間にかテーブルの手とは反対の手が、椅子の背もたれに添えられていて、動かすことができない。

迫ってくる彼の吐息が耳を掠め、さらに身体に緊張が走る。

「ヴュート……と」

「え？」

「〝様〟を付けられると、なんだか他人行儀で。……ヴュート、と敬称なしで呼んでもらえないか？」

「それは……」

ちょっと困る。

敬称なしで呼ぶなど、本当に距離が縮まったようで……。

「ソルト公爵家でも言ったけど、僕は……ジアと呼んでも？」

吐息のように『ジア』と呼ぶ彼の声に足の先から、ぞくりと、不快でない何かが走る。

「あ、あの……」

「できれば敬語もなしでお願いしたいんだけど」

なんか要求増えてるし。

敬語なんて外したら最後。素が出るのは時間の問題だ。

いや、むしろ婚約解消を狙うなら素を出したほうがいいのか……？

混乱する頭では最善策が何かすら分からない。

耳元で話す彼の顔は見えないが、今彼の顔を見てはいけないと本能が告げる。

今、彼と視線を合わせたら、取り返しがつかないことになる！

「で、では。呼び方だけ……」

ふっと耳元で彼が笑ったのが分かった。

「ありがとう。後は……貴女のペースで敬語を取ってくれればいい」

その時、コンコンとサロンのドアから音がして、「ヴュート様。公爵様がお呼びです」とメイドの声がした。

「あぁ、すぐ行く」

彼がドアに向かって返事をしたので、解放されると思いほっと身体の緊張が緩んだ。

……のが間違いだった。

視線を上げると、そこには夕日を浴びて息が止まるほどの色気を纏《まと》った彼が、口元に柔らかな笑みを浮かべていた。

「っ……」

「では、ジア。また後で」

囁くように言ったヴュートは、私の髪を一房持ち上げ、瞼を閉じて手の中のそれに唇を落とす。

そうして固まる私を残して彼は部屋を出て行った。

「何あれ……」

一人残された部屋で思わず声が溢れる。

ついさっきまでは些細なことで照れていた彼が、身動きが取れなくなるほどの色気を出してくるなんて、フェイントもいいところだ。

「これじゃカルミアが夢中になるはずだわ……」

回帰前の世界で騎士団の慰問に何度も足を運んでいたカルミアは、ヴュートに今ぐらいの時期から二十二歳になるまで定期的に会っていたはずだ。

彼の魅力がここから二年間でどれほど増すかなんて、想像するだに恐ろしい。

今のヴュートは私を家との仕事の関係ゆえに繋ぎ止めようとしているけれど、いずれはカルミアと恋に落ちるだろう。

ソルト家との繋がりを求めるのなら、私でもカルミアでもどちらでもいいのだ。

むしろ《聖女》という称号を持っているカルミアと私を入れ替えるのは、メリットこそあれデメリットはない。

それにヴュートがアカデミーに再入学するからには、今後カルミアとの接触は回帰前よりも増えるはずだ。

なぜならカルミアは魔法学も国際政治学も受講しているからだ。

今回の編入試験は絶対に失敗できないので、普段からカルミアの課題を肩代わりしている、受かる確率の高い学部を選んだ。

でも同じ学部でヴュートとカルミアが惹かれあって行くのを見るぐらいなら、回帰前のように知らぬ間に二人の距離が縮まってくれたほうがよかったのかもしれない……。

あんなに無惨に裏切られたのに、まだ彼を嫌いになれていない自分に呆然とする。

「なんにせよ、彼と距離を取らなくちゃ……」

恋心なんてものが絡んでしまえば、目標達成など到底できないだろう。

私は小さくため息を零して、窓の外の沈んでゆく夕日をぼんやり眺めていた。

9、広げられない距離

「どう？　進んでる？」

太陽が真上に届く頃、図書室の風通しのいい席で試験勉強をしていた私の前にヴュートがひょっこり現れた。

「ヴュー……ト。訓練はもう終わられたのですか？」

「うん、もうすぐお昼だから、君を誘おうと思って」

敬称なしの呼び方に未だに慣れない私にふわりと優しく微笑みながら、彼はいつもの通りバスケットを軽く持ち上げた。

そう、〝いつもの通り〟……。

「今は、庭の藤棚が綺麗だからそこでどうかな？」

「ええ、お任せいたします」

距離を取ろうと決めたはずなのに、いつもランチタイムを見計らって彼はバスケット片手に誘ってくる。

初日こそ「もう少し勉強を進めておきたい」とやんわり断ったが、「じゃあ、君の休憩時間まで僕も本を読んでいようかな」と、少し離れた先で読書を始められた。

十分も待たせれば諦めて出て行くだろうと思ったのに、二十分が経ち、三十分が経っても彼はそこで読書をしていた。

離れて座っているとはいえ、彼がそこで待っている状況で勉強に集中などできない。

「お待たせして申し訳ありません」

結局諦めた私が座っている彼に近付くと、待ちくたびれた様子もなく笑顔で「気分転換に外の空気を吸いに行こう」とエスコートしてくれた。

「冷めても美味しいはずだから食べてみて。記憶力がよくなるらしいから、魚をメインに作ったんだ。こっちの野菜は疲労回復によくて……」

笑顔で説明しながら、自分で作ったというバスケットの中身を並べていくヴュートに言葉にできない感情が渦巻く。

ソルト家では勉強が終わるまで食事を摂《と》るなと言われ、いつも大きなテーブルで、冷えた食事を一人で食べていた。

使用人ですら私をぞんざいに扱う屋敷では、お昼に出された食事がそのまま食堂に置きっぱなしにされるのが当たり前の状況だった。

でもこれは、〝私のため〟に作られたものだ。

そしてそれを一緒に食べてくれる相手がいる。

「美味しい……」

さっくりとしたフライを挟んだ柔らかなパンを口にした瞬間、鼻の奥がつんとして、声が少し震えた。

「え⁉　ジア⁉　どうしたの⁉」

目に滲む涙を見たヴュートが狼狽《ろうばい》しているのが分かる。

「マスタードを入れすぎたかな、ごめんね」

「いいえ、とっても美味しいです。……今日はお待たせしてごめんなさい」

そう言うと彼はキョトンとした。

「謝ることなんてないよ。僕がジアの勉強の邪魔をしてるんだから。……でも、食事と休憩はきちんと取ってくれると嬉しい」

その言葉にハッとする。

昨日、昼食を摂らずに図書館に籠もりきりだったのを誰かから聞いたのだろうか。

「時間がないと焦る気持ちも、もちろん分かるけれど、根を詰めすぎて倒れたら何にもならない。……まぁ、僕につきっきりで看病してほしいならそれでもいいんだけど」

ニッとイタズラっぽく笑ったヴュートが、こちらに少し身を乗り出しながら昼食の時間帯にふさわしくない甘やかな雰囲気を醸し出し始める。

「うーん。もしそうなったら、ジアの部屋のソファに僕の枕を置いて、いつでも対応できるように仮眠スペースを作ろう。それから、滋養強壮効果のある胃に優しい食事を僕が手ずから食べさせて……」

そんなの絶対無理！

「食事します！　休みます！」

「そっかぁ、残念だなぁ」

楽しそうに言うヴュートに、私の罪悪感は消え去り、「食べてます！」をアピールするため、最後のデザートまでしっかりと頂いた。


というわけで、それ以来、二人で食べるのが日課になってしまったランチ。

今日は藤棚の下に柔らかな敷物を広げ、バスケットの中には豪華なサンドイッチと締めのデザートが鎮座している。

このまま毎日二人で食事をしていては、広げたい距離も一向に広がらない。

「あの、ヴュート。毎日こうしてお昼に誘って頂かなくても、きちんと食事は摂りますよ？」

王国騎士団は辞めたというが、シルフェン公爵家の騎士団で毎日訓練に参加していると聞いた。『最強の騎士』という目標は……諦めていないはずだ。

「うん、僕の休憩だから気にしないで。あ、それからこれを」

そう言って大きな封筒を渡される。

「これは？」

「アカデミーの入試の過去問題」

「え⁉」

そんなものがあるなんて想像もしていなかった。

「最近うちの騎士団に入ってきた新人の弟妹が受験した時のものなんだ。手に入れるのが遅くなっちゃっただけど、とりあえず去年と一昨年《おととし》のものを」

「ありがとうございます……」

「闇雲《やみくも》に勉強するよりは、問題の傾向とかが分かったほうがいいかなと思って。まったく違う問題が出たらごめん。参考程度にでもしてもらえれば……」

自宅から持ってきた魔法についての基礎的な教科書から始めたものの、正直ゴールが見えず不安だった。

この国に伝わる魔法は幅広く、基本的な《紋》から高度な《紋》まで合わせると五万種類を超えるとも言われている。

似たような効果のものもあったりするのだが、一つ一つに意味があるのだ。

「編入試験は実技もあるから、以前どのような問題が出たのかオリヴィアに聞くといいんじゃないかな？」

確かに彼女は魔法学部だった。

というか、ヴュートは私がオリヴィアと親しいのを知っていたのだろうか？　そんな話をした記憶はないけれど……従兄妹って聞いているけど、結構親しいのかしら？

「お願いしたいところですが、試験まであと三日しかありませんし、王女であるオリヴィア様にそんな簡単にお会いできるとも思いませんので、なんとか自力で頑張りたいと思います」

その時、執事のアンリさんが、木陰からすっと現れた。

「ヴュート様、フリージア様、お食事中失礼いたします。今ヴュート様宛に急ぎのお手紙が届きましたので、お持ちいたしました」

「ありがとう」と受け取ったヴュートはその手紙を開封して一読すると、ひらりと手紙をこちらに見せた。

「来るってさ。オリヴィア」

「え!?」

＊　＊　＊

「だはははは！　最高。いつの間にかヴュートの屋敷に来てるって……。あんなに自信満々に『婚約破棄の話だと思う』とか言ってたのに！」

「ちょっと、オリヴィア、音量下げてよ！　誰が聞いてるか分かんないじゃない。貴女王女なんだからね！」

手紙からほどなくして王家の馬車でやってきた彼女は、私の部屋で大声で笑っている。

ヴュートはオリヴィアの出迎えをした後、午後の訓練があると言って訓練場に向かった。

お茶を出し終えたメイドを下がらせたオリヴィアは、足音が遠ざかると大声で笑い出した。

「おかしいんだからしようがないじゃない。ま、遠征から帰ってきたヴュートに、貴女がアカデミーを受験するって話をした時点でこうなることは分かってたけどね！　あー、おかしい」

……はい？

「……今、なんて？」

爆弾発言に身体がぴたりと止まった。

オリヴィアは不敵な笑みを浮かべたまま口を開く。

「だから、貴女がアカデミーを受験するって彼に言ったのよ。シルフェン家から婚約破棄の話が来ると思っているから、今後のためにアカデミーに入って〝可能性〟を広げるつもりだって」

「そこまで話したの⁉」

そこまで言えば誰でも次の婚約者を探しに行くと思うに決まっている。

「だって私はヴュートが貴女と婚約解消するつもりがないと分かってるもの」

「私だってシルフェン家とソルト家の婚約がどれだけ重要かは分かっているわ。でもてっきり私の悪評にウンザリして、カルミアと入れ替えになる話だと思っていたのよ」

祖母にも、『ヴュート殿の婚約者として、手紙や贈り物などきちんとするように』と口を酸っぱくして言われて来たし、私に興味のない父ですら散々口を出すぐらいだ。

けれどそれは婚約者を入れ替えれば済む話なのに……。

「いや、家とかじゃなくてさ……」

呆れた目線を送るオリヴィアの呟きなど、私の耳に入らない。

彼がなぜ今さらアカデミーに入ることにしたのかやっと理解ができた。

未だ為される気配のない公爵夫人の引継ぎも、きっと婚約解消をさせないための口実だったのだ。

「だから……前と大きく変わってきてるのね」

「え？　何が？」

「いえ、こっちの話。貴女に安易に話した私が悪かったわ」

「ちょっと！　私の口が軽いみたいに言わないでよ」

「軽いじゃない」

「せっかく実技試験について教えにきてあげたのに！」

ムーッと顔を膨らますオリヴィアは年相応に見えない。

「……そうね。ごめんなさい。足を運んでくれてありがとう……」

彼女は忙しい。

それは私も分かっている。

「ふふふ、これからは貴女と一緒に学校生活が送れるのね。そのためなら何だってするわよ。アカデミーのサボり場所も方法も、ラクな単位の取り方も完っ璧に網羅しているから……いっっっぱい遊ぼう！」

そう言った彼女の笑顔は幼い頃と何一つ変わっていない、下町で笑い転げていた時のままのものだった。

「では、まず炎系と水系の魔法は必須なの。紋なしでどこまで発動できるか見られているはずよ。毎年この試験は内容は変わっていないと思うの。後輩も同じ試験を受けたって言っていたから。で、そこからどれだけランクが上の魔法を使えるかで点数が決まるみたい」

そう言って彼女は白魚のような手を前に出し、手のひらに小さな雫を作り出す。

そうしてだんだんと水かさを増やし、水球《すいきゅう》、水輪《すいりん》と形を変えていく。

その後、手のひらで淡く光る《紋》を描き、雪、霰《あられ》と魔法を展開したのち、近くにあった紙に《紋》を描いてそこに魔力を通し、自分の背丈ほどの氷壁《ひょうへき》を作った。

「私はまだ水系魔法はここまでしかできないけれど、紋なしで三つ使えたら十分だと思う。空中に紋を描くのは魔力の消費が大きいから、先にそれを展開してから残りの魔力で事前に紙などに書き出した紋を使う、というのが定石ね。……ちなみに貴女の妹、事前に書き出した紋の精度が高いって評判よ」

オリヴィアは魔力の使いすぎか、軽く息を弾ませていた。

「カルミアの紋?」

「そうよ。試験の度に聖女の仕事が重なってるとかで、いつも後日に課題として書き出した紋を提出してるの。それがまあ、完璧なのよ。レベルの高い繊細な紋ほど、少しの歪みでも消費する魔力量が増えてしまうけれど、あの子のは本当に正確で無駄なく魔力を通せるの。どの先生も大絶賛よ。私も公務が被《かぶ》ってると試験ではなくレポートや紋の課題の提出をするんだけど、悔しいけどあそこまでのものは作れないわね」

「あぁ……それね。多分私がいつも作ってる紋よ……」

少し遠い目をして呟くと、オリヴィアが固まる。

「え？　貴女が？　あれを？」

「ええ、多分私が作ったもので間違いないと思うわ。あの子、いつも『聖女の仕事が忙しい』って言って私にそれを押し付けていたから。羊皮紙にいくつか作らされたのを、お祖母様が選んで持って行かせてるわ。でも、そっか……。いいものが作れているのね」

「……なるほどね、道理で……」

そう彼女が呟いた時、コンコンコンコンとノックの音がした。

「マグノリア＝ソルトでございます。オリヴィア王女殿下。ご挨拶に参りました。入室してもよろしいでしょうか」

落ち着いた祖母の声が聞こえる。

「ええ、どうぞ」

そう答えたオリヴィアから親しみのある表情は消え、王女の顔に戻った。

静かにドアが開き、祖母がカーテシーで礼を執る。

「ご無沙汰しております。オリヴィア王女殿下。この度はフリージアのために足を運んで頂き誠にありがとうございます」

「お久しぶりですね、マグノリア様。今回は大事な友人の編入試験と聞いてじっとしていられなかったのです。優秀な彼女と共に机を並べて学べるのなら、私の学力も向上することと思います」

にこりと微笑みながら彼女は祖母に言った。

いや、さっき学園のサボり場所とか、ラクな単位の取り方とか網羅しているから、遊ぼうって話してなかった？

「……不肖《ふしょう》の孫に過分なお言葉。ありがたく存じます。ただ、今後は私が孫の試験勉強を見ようと思いますので、王女殿下におかれましては、ご公務……」

「マグノリア様」

祖母の言葉を遮ってオリヴィアが声をかけ、スッと近寄って耳元で何かを囁いた。

「——なので、安心して私にお任せ頂けたらと思います」

口元に柔らかな笑みを湛えたオリヴィアがそう言うと、祖母は静かに頭を下げ、「何卒《なにとぞ》、よろしくお願い申し上げます」と言って出て行った。

「何を言ったの……？」

祖母の出て行ったドアを見ていたオリヴィアに後ろから声をかけると、笑顔のままくるりと振り向いたオリヴィアは得意げだ。

「アカデミーの試験官が試験について指導をすると、問題があると言ったのよ」

「……は？」

「マグノリア様が聖女として一線で活躍していたのは知っているでしょう？　今年からマグノリア様に魔法学部の特別講師として来て頂くのよ」

「知らないけど」

寝耳に水の内容に不安しかない。

「前からアカデミーはマグノリア様を特別講師として招聘《しょうへい》しようとずっとしていたのよ。でも聖女として国の役に立てなくなった自分ではふさわしくないってずっと断られていたの。今回やっとその件に関して了承をもらったの」

「なんで貴女が知ってるの？」

「何言ってるの、私は王女よ。アカデミーの運営に関しては王家が知っていて当然でしょう？たいした人事権はないけれど、ずっとアカデミーが彼女にお願いしていたのは知ってるわ」

知らなかった。

祖母の浄化魔法が弱まっている中、後継の《聖女》であるカルミアが現れ、第一線から退いていたのは知っていたけれど……アカデミーの特別講師の話が来ていたなんて、聞いたこともなかった。

というか、そんな話を私にするとも思えないから知らなくて当然かもしれない……。

「で、今回は編入試験にも関わっているからね。不正を疑われてもしようがない関係だから私がお手伝いさせて下さい。って言ったわけ」

なら別に小声で言わなくてもいいのでは？　と思ったけれど、祖母がすんなり引き下がってくれたので、納得するしかなかった。

「あ、それで最近、お祖母様のお小言がないのかしら」

「は？」

今度はフリージアが訝《いぶか》しがる。

「ソルト公爵家にいた時は、ナイフやフォークの使い方はもちろん、一緒に食事する時は指先の動きにまで注意されていたの。食事以外のマナーや勉強についてもだけど、この歳になってもずっとよ。でも、ここに来てからまったくなんの注意もされてなくて。他人がいるからかとも思ったんだけど、今朝は二人きりの朝食だったのに何も言われなくて……。私の勉強から解放されて、新しい環境で教鞭《きょうべん》を振るうことができてご機嫌なのかな……」

見た目ではあまり分からないけれど、祖母もソルト家にいる時よりリラックスしている気がする。

「……」

オリヴィアは何かを考えているようだったけれど、今は少しの時間も惜しい。

「続きをお願いしてもいい？　もう試験は三日後だし」

私達は編入試験対策の勉強に戻った。


試験対策が終わり、オリヴィアは公爵家で夕食を食べてから帰ることになった。

ヴュートや公爵様も夕方には戻ってきており、いつもより少し賑やかな食卓を楽しんだ。

帰り際、馬車に乗りかけたところで、オリヴィアが振り返り、見送りのため立っていた私のところにやってきた。

「聞き忘れていたんだけど、ヴュートはどこの学部に編入するか聞いた？」

扇で口元を隠しながら、私の耳元で小さく尋ねる。

ヴュートも見送りのためすぐ近くにいるのだから本人に聞けばいいのに。

チラリと彼を見ると軽く小首を傾《かし》げている。

「……私と同じ学部とは聞いたけど……」

そう小さく答えると、オリヴィアの薄紅色の唇が弧を描く。

「やだ、じゃあカルミア嬢も含めて四人とも一緒の学部なのね。楽しい学校生活になりそうだわ。ふふふ……」

「何が楽しいのよ。私はカルミアともヴュートとも、関わるつもりはないからね」

当然二人に関わるのは極力避けたい。巻き込まれて被害を被るのは私なのだから。

首席卒業を目指して、一人黙々と勉強に取り組むつもりだ。

「そうなればいいけどね」

オリヴィアはそう囁いて、心底楽しそうな顔をして帰って行った。

——そうして試験から二週間後、アカデミーから合格通知が届いた。

10、婚約指輪

「よく似合ってるよ。フリージア」

紺青色《こんじょういろ》の生地に、金の刺繍が施されたローブを纏ったヴュートが横を歩いている。

アカデミーの廊下に差し込む光を浴びながら微笑むヴュートの笑顔に、私は思わず目を細めた。

……あぁ、朝日よりも眩しい笑顔が目に染みる。

「ありがとう。……ヴュートも、とても似合ってますね」

アカデミーから届いた、まるで夜空の様なそれを手に取った瞬間、ヴュートの目と同じ色だと思った。

編入に際し学園長に挨拶をするため案内されたのは、綺麗に整理整頓された部屋……ではなく、本や書類に埋め尽くされ、かろうじて窓際に〝学園長〟と書かれた札が倒れたまま置かれている机が見える部屋だ。

来客用のためのものであろう部屋の真ん中にある革張りのソファと背の低いテーブルの周りだけは、まるで聖域のように整えられていたが、部屋の主《あるじ》は不在のようだった。

「申し訳ありません。挨拶の予定は伝えてあるはずなのですが……。確認して参りますので、お掛けになってお待ち下さい」

事務員さんに従い革張りのソファに二人で座ると、彼は慌てた様子で部屋を出て行った。

「そういえば……ジアの婚約指輪のサイズ直しはまだ時間かかりそうかな？」

「はい⁉」

突然の話題に驚いて、ヴュートを見上げると、

「指輪は、いつここに戻ってくるのか気になって」

にこりと微笑みながら私の左手の薬指を指す。

「ええと……」

「うん？」

そう先を促すヴュートは笑顔だけれど、その目からは圧を感じる。

なんと答えようかと迷いながら、なぜ今そんなことを聞くのかと考えて、オリヴィアが言っていた言葉を思い出す。

私がアカデミーに入る理由を『シルフェン家から婚約破棄の話が来ると思っているから、今後のためにアカデミーに入って、可能性を広げるつもりだって』とヴュートに話したと。

つまり、彼は私がここに新しい婚約者を探しに来ていると思っているのだ。

大事なソルト家の婚約者が婚約指輪を着けずにアカデミーにいることは由々しき事態で、他の令息達への牽制《けんせい》のためにも、一刻も早く指輪をさせたいのだろう。

が、しかし！

ただでさえシルフェン家に引っ越したことでカルミアを刺激しているのだから、これ以上不用意にカルミアの癇《かん》に障ることはしたくない。

「……おそらく、もう少し時間がかかるのではないかと……」

本当は私の部屋にあるけどね。

そう思いながらも逃げ道を探す。

「……ふうん。どこの工房に出したの？　あまりに時間がかかるようなら、シルフェン家の馴《な》染《じ》みの工房を紹介するよ？」

ヤバい。

なんかヴュートの目が、獲物をロックオンした獣のようになっている気が……。

嘘をついてる罪悪感による被害妄想かな……？

ジリジリと二人の距離を詰めてくる彼に身体が固まる。

その時、天の助けの音が……コンコンコンとドアから響いた。

「学園長のゼリウス＝フォレスじゃ。待たせてすまんかったの。ちと調べ物に手間取って」

そう言いながら入ってきた教授のみが着る白いローブを纏った白髪の男性には見覚えがあった。

いや、見覚えどころではない。何しろ私が受けた編入試験の試験官その人だったのだ。

やけに貫禄のある試験官だとは思ったけれどまさか学園長だったとは。

「我が国の三大公爵家のうちの二つ。シルフェン家のヴュート＝シルフェン小公爵にソルト家のフリージア嬢じゃな。其方達《そなた》を迎えられて誇りに思う」

「ご無沙汰しております。ゼリウス先生」

衝撃を受けている私の横で、ヴュートが笑顔で彼と握手をする。

当然面識があるようだ。

「うむ。久しぶりじゃな、ヴュート。男に磨きがかかっておるではないか」

「恐れ入ります」

カッカッカと笑いながら学園長はこちらに視線を向けた。

「フリージア＝ソルトです。編入試験ではお世話になりました。本日よりこちらで学ばせて頂くことになりました。よろしくお願いいたします」

学園長はカーテシーで礼を執った私を目を細めてじっと見た後、面白いものを見つけたかのように破顔した。

「フリージア嬢のことはマグノリア殿から聞いておる。彼女に鍛えられてきたとはいえ、編入では戸惑うことも多かろう。今年は魔法学部の実技は儂が指導にあたることになったから、なんなりと聞いてくれ。実技以外の学科の単位の取り方なんぞはヴュートがおる頃からなんら変わっておらんから、彼に聞くといい。……それでは健闘を祈る」

なぜ学園長自らが試験官をしていたのか、祖母から一体どんな話が伝わっているのか、気になることは多くあったものの、さすがにそれを聞くことはできず、私はヴュートと揃って部屋を出た。

＊　＊　＊

「ヴュート様！」

学長室を出てアカデミーの中庭を歩いていると、聞き慣れた甲高い声が空気を切り裂いた。

振り向いた先には、金色のふわふわの髪にお気に入りの水色のリボンを編み込んだカルミアが三人の女生徒を引き連れていた。

「ヴュート様！」

「カルミア嬢？　どうしてこちらに……」

「ヴュート様が今日からアカデミーに通われると聞いて、ご挨拶に来ました。それに、ヴュート様が卒業されてから増築された建物もあるのでご案内をしようと思って。そこに入ってるカフェのケーキがとっても美味しいんです」

えへ、と上目遣いにヴュートを見上げるカルミアの視界に私は入っていないようだ。

いや、わざと視界に入れていないと言ったほうが正しいかもしれない。

そっとその場からフェードアウトしようと一歩下がったところで、いきなり何かに腰を引っ張られた。

「ありがとうございます。せっかくですが、僕はこれからジアにアカデミーを案内しようと思っていたところなんです。明日から授業が始まるので、教室の場所も確認しておきたくて」

「っ……！　ヴュート、私は……」

彼に腰を引き寄せられた同様で、思わず発した言葉にぞくりと総毛立つ視線を感じた。

「……ヴュート？　ジア？」

小さな声でそう反芻したカルミアに、しまったと後悔する。

「お姉様はヴュート様を呼び捨てにしていらっしゃるの？」

顔は笑っているカルミアだが、私に向けるその視線は氷よりも冷たい。

「うん、僕がそう呼ぶようにお願いしたんだよ」

にこりと微笑みながらヴュートが言うと、カルミアはほんの少し頬を引き攣《つ》らせる。

「まぁ……ヴュート様。姉にそのような名誉を与えて下さったのですね。ありがとうございます」

なぜお前が礼を言う？

こちらも呼びたくて呼んでるんじゃないわよ、と思いながら小さくため息をつくと、思わぬところから別の爆弾が飛んできた。

「まぁ、フリージア嬢、本当に編入されたのですね。先ほど試験の成績優秀者が貼り出されていたのを拝見しましたが、お名前が見当たらなくって……」

「妹であるカルミア様は聖女である上に、日頃の課題でもとっても優秀でらっしゃるのに、姉がそんなふうで恥ずかしくないのかしら？」

クスリと笑いながら言ったのはカルミアの後ろにいた二人の令嬢。かつての私の友人達だ。

「本当にカルミア様に比べてあまり出来がよろしくないのね」

取り巻きのもう一人は顔も知らない令嬢だったが、彼女も嫌味を言うのを忘れない。

なんだろ？　台本でもあるのかな。

一人ずつ均等にセリフを割り当てられてるんだろうか。

と、冷めた目で三人を見る。

「皆さん、そんなふうに仰らないで。これでもお姉様は一生懸命されているのよ。どんなに惨めな結果であっても、お姉様の精一杯を認めて差し上げて！」

フォローしたふりをして落とすのを忘れないカルミアが、涙目で後ろの三人に言う。

「「「あぁ、カルミア様はなんてお優しいの！」」」

つられて涙を浮かべる三人に思わず一歩下がってしまう。

何を見せられてるんだ？

何劇場だよ。

ツッコミどころありすぎなんだけど。

そんなことを考えながら、早くこの場を去りたいと思っていると……

「僕達、もう行ってもいいかな」

思いもよらないところから笑顔で強引に幕が下ろされる。

「ヴュート様⁉」

カルミアが目に涙を溜めたまま彼に向き直り、白く抜けるような肌を見せつつ、完璧な角度で見上げる。

潤んだ水色の瞳に今まで何人の男性が跪《ひざまず》いてきたのだろうか。

「僕達急いでるから。失礼させて頂くよ」

そう言って流れるように私を反対側の道へとエスコートして、その場を去ろうとするヴュートにカルミアが声を張り上げた。

「お……お待ち下さい！　私お姉様に用があって！」

振り向くと、カルミアはいつもの《聖女》の微笑みを貼り付けている。

「私に？」

「ええ、今日は神事がありますので、アカデミーが終わり次第神殿に行くので、お姉様も一緒に来て下さい。それからお父様が話があるから今日屋敷に寄るようにと言っていましたわ」

ニコニコと笑顔を崩さない彼女の後ろで令嬢三人は、なぜ「出来の悪いフリージア嬢が神事に」という不満と疑問を隠しきれていない。

「……カルミア。私では貴女の手伝いなど烏滸がましいと言ったでしょう？　神事は後ろにいらっしゃるご令嬢方に手伝って頂いてはいかが？」

「は？」

カルミアの表情から笑顔が消え、代わりに後ろの三人が驚きと喜びに頬を染める。

「皆さんがご指摘のように私は編入試験でも優秀な成績を取れていないわ。不出来な私よりも優秀なご友人にお手伝いして頂いたほうがいいと思うの」

そう言うと、カルミアはギュッと唇をきつく噛《か》み締める。

『不出来な姉』というのは存外いいポジションかもしれない。

周りにどう見られようが、卒業時に結果を出せばいいのだ。

そのためにもカルミアには独り立ちしてもらわないと。私にはカルミアに割く時間などない。

「……彼女達は神事のやり方をご存知ないし、慣れているお姉様が……」

「大丈夫よ、カルミア。慣れてしまえば簡単だし、星見の計算の仕方も私の部屋にやり方をまとめたノートを置いて出ているから。やってみたら貴女のためにもなるわ」

彼女の近くにいる時間を少しでも減らし、距離を置かなければ。

いつ、そしてなぜカルミアが私を《日輪の魔女》と判断するのか分からないのだから……。


後ろの令嬢トリオは声をかけてもらえるんじゃないかとそわそわしている。

それもそのはず、神事は普通、《聖女》と神官以外は見ることのできない神聖な儀式。この世界を照らす存在である太陽の女神との交流に観客などいるわけがないのだ。

立ち会えたとなればどれほど鼻高々に周りに自慢できるか。

本来は神事の準備もカルミア本人がやるべきことなのに私がそこにいたのは、幼いカルミアにはサポートが必要だという、元《聖女》である祖母の甘やかしの鶴の一声で決まったのだ。

「……わ……私、ソルト家を出てしまったお姉様との時間を大切にしたかったのに……。やっぱり、お姉様は私が嫌いなのですね……」

ボロボロと涙を零しながら、カルミアが一番近くにいた令嬢の胸に飛び込む。両隣の二人も心配そうにカルミアを宥《なだ》めながら、こちらを睨みつけてきた。

「ひどいですわ。フリージア嬢。もう少し思いやりというものを学ぶべきですわ」

「カルミア様はこんなに貴女を慕っていらっしゃるのに」

「噂通りの冷たい方なのね！」

いつの間にか休憩時間になっていたようで、気付けば周りには何事かと遠巻きに私達を見る野次馬が集まっていた。

お見事、カルミア。

狙い通りに「優しい私とひどい姉」を演出し、周りすべてを味方につける。

私には到底真似のできない芸当だわ。

11、カルミアの神事

今までこの子の涙に何人の男性が落ちたことか。もはや両手両足でも数えられない。

吐き気のする三文芝居を横目に、チラリとヴュートを盗み見る。

「ジア、君はカルミア嬢の神事の手伝いをしていたの？　星見計算も？　紋や古代文字の意味も分かるの？」

意外にもヴュートはカルミアには目もくれず、私の顔を覗き込みながら言った。

「え？　えぇ。……お祖母様にいろいろと教わって……」

「すごいなぁ。僕は星見計算も古代文字も、神事に使う紋もまったく理解できなかったのに。ジアは優秀なんだね」

にこりと笑顔で彼がそう言うと、カルミアが大きな声で割り込む。

「お姉様一人でしてるんじゃありませんわ！　当然私だって一緒に紋や古代文字の読解、星見計算もしています！」

見たことないけど？

下準備も神具の準備もすべて私がして、貴女は女神像の前で祈るだけじゃない。

そう心の中で突っ込むも、すべてが面倒臭くて何も言う気がしない。

「嫌だわ、フリージア嬢はまるで自分一人の手柄のように仰って」

「本当。見栄を張る人ほど不快なものはございませんわ」

「恥ずかしくないのかしら」

令嬢トリオの聞こえよがしな会話を満面の笑みでヴュートが遮る。

「さすがだね、カルミア嬢。独り立ちまで後一歩じゃないか！」

「はい？」

「その歳で古代文字も、複雑な紋の理解も、星見計算もできるなんてさすが、マグノリア様を超える聖女と言われるだけあるなぁ。これからフリージアは未来の公爵家夫人としての引継ぎで忙しくなるから神事の手伝いはできないけど、君が優秀だから安心だね」

蕩《と》けるような柔らかな笑みに、カルミアのみならず令嬢トリオもふんわりと頬を朱に染める。

「え、えぇ。……お褒めにあずかり光栄ですわ」

「あ、カルミア嬢。そういえば、今年はウィンドブルの聖女シャルティ様がアカデミーに入学していらっしゃっているとか。聖女同士でしか分からない崇高《すうこう》なお話もできるのでは？」

つまり、「分からなければもう一人の聖女に聞け」ということだろう。

ヴュートの言葉にカルミアがビクンと身体を強張らせ、また目を潤ませ始めた。

「お話なんてとても……。私、シャルティ様に嫌われてい……」

「カルミア！　やめなさい！」

震えるほどの悪寒が身体を駆け巡り、思わず語気を荒らげて彼女の言葉を制す。

仮にも他国の《聖女》を貶《おとし》めるような言葉を、《聖女》であるカルミアが言ったのなら、ついうっかりでは済まされない。

カルミアがこの国で大事に扱われているように、ウィンドブル国でも《聖女》は崇拝されているのだ。

彼の国からの留学生もたくさんいるアカデミーだ。聞かれれば国際問題になりかねない。

私の言葉に目を見開いた彼女が、一瞬唇を愉悦に歪めたのを見て、しまったと思った。

つけ入る隙を与えてしまった。

案の定、カルミアは豪快に泣き始め、令嬢トリオや野次馬は私を冷ややかに見ている。

私は観念して小さくため息をついた。

「カルミア、今日は神事の手伝いに行くから……」

「僕も行っていいかな」

ヴュートが私の言葉に被せるように笑顔で言った言葉に目を見開く。

いや、そんな簡単に見られるものじゃないですから。

「ヴュート、それはちょっ……」

「嬉しい！　ヴュート様！　私の神事を見にきて下さるのですか⁉」

さっきまでの涙はどこへやら、カルミアは弾む声で言った。

「もし、神殿の許可が降りるなら。フリージアが後ろのご令嬢方に君の手伝いを引継ぐついでに連れて行ってくれると嬉しいな」

いや、引継ぐこと決定なの⁉

提案止まりだったはずなのに、流れるように決定事項にした彼に驚きを隠せない。

「ええ、是非！　では、今日の授業が終わり次第神殿にお越し下さいませ！　お待ちしておりますわ」

ヴュートにいいところを見せたいカルミアはすんなりと同意し、上機嫌で去っていった。

《女神の祝福》は、神事の衣装に身を包んだカルミアをそれはそれは神々しく見せてくれる。カルミア自身もそれを自覚してるからこそ、今日の神事での張り切り様は半端ないだろう。

「ヴュート……。神事を見られるかどうか分かりませんよ」

去っていくカルミアを冷ややかに見ながら小さくヴュートに告げた。

「あの様子だと入れそうだけどね。神殿の人達にとって彼女の意見は絶対だと聞いたし。まぁ、ダメなら仕方がないよ」

ニコニコ言う彼に「そうですか」と小さく返事をする。

彼がカルミアに落ちるのは今日の神事か、……それとも一年後に起きる《魔竜》の討伐か。

それは回帰前の世界で《英雄》誕生のきっかけとなった討伐だ。

巨大な魔素溜まりに突如現れた《魔竜》を討伐すべく、王立騎士団と《聖女》カルミアがそこに向かった。

当時カルミアは特にゴネる様子もなく、手伝いに私を呼ぶこともなくその討伐に参加した。

きっとヴュートが守ってくれると信じていたのだろう。

そして、討伐した《魔竜》の中から現れた《聖剣》はヴュートを主と選んだ。

その戦いを支えた《聖女》カルミアの活躍は新聞でも大々的に報じられ……。

それからだ、巷《ちまた》で《英雄》と《聖女》の恋愛物語が実《まこと》しやかに囁かれるようになったのは。

カルミアは今はまだあどけなさの残る十五歳の少女だが、一年後には蕾《つぼみ》が花開くように、咲き誇るのを目《ま》の当たりにするのだ。

その時、私に出番はない。

いや、それを待たず今日の神事で私は彼の中から退場するのかもしれない。

「ジア……大丈夫？」

心配そうにこちらを覗き込むヴュートの表情に胸が締め付けられる。

「大丈夫です」

――勘違いをしてはいけない。

ヴュートに気遣ってもらえるこの立場は、二年後には確実にカルミアと入れ替わっているのだから。

12、英雄は恐怖する

「フリージア！」

カルミア達からなんとか逃げ出しヴュートに案内してもらっていたアカデミー内の食堂に、オリヴィアの弾むような声が響いた。

学園のローブを纏った彼女は、燃えるような赤髪を編み込みでまとめていた。

「オリヴィア……王女。どうされたのですか？」

いつものクセで、オリヴィアと呼び捨ててしまいそうになり、慌てて敬語に頭を切り替える。

「お昼休みに入ったからランチでもどうかと思って。会えてよかったわ！　っていうかここはアカデミーよ。普段通りの口調で話してよ。敬語なんて禁止よ、禁止」

ぷうっと頬を膨らまし、可愛らしく言っているが、圧が可愛くない。

アカデミーでは王族も爵位も関係なく、貴族と平民という壁もないとされているが……それでも平民は貴族に気を遣うし、彼女は王族だ。

それはどうしても取っ払えない事実だし、何より……迷惑はかけたくない。

さっきもカルミアとその取り巻きの令嬢に絡まれて非難を浴びたばかりだ。アカデミーでの私の評判はすでにかなり悪いだろう。

昼休みの食堂には人も多く、オリヴィアと話しているだけで視線が集中する。

「私が馴れ馴れしく接してはオリヴィア様の評判が下がると思いますので、アカデミーでは……」

「いいじゃない。私がいいって言うんだからいいのよ」

「え、じゃあ僕も敬語なしにしてほしいなぁ」

ひょいと話に乗っかってきたヴュートが、自分を指差して言う。

「無理です」

即座に断ったものの、考えてみれば彼は彼なりに「シルフェン家」と「ソルト家」の関係をよりよくしようとしているのだ。歩み寄るべきだろうか。

そう思ってヴュートの顔を見上げると、にこりと笑った彼に周囲から黄色い歓声が上がる。

「きゃー！　あの方どなた⁉」

「あんな素敵な一年生いたかしら！」

「きっと今年編入された方よ。……噂のシルフェン小公爵様じゃないかしら！」

「俺、騎士団の訓練見たことあるぜ。副団長のヴュート様だ！」

「四年前に首席卒業したはずだろ⁉」

うん、無理だ。

無理。

これ以上彼と距離を縮めると私がひどく悪目立ちしてしまう。

彼といつか婚約破棄するにしても、今はまだ婚約者だ。

《英雄》になる前から、騎士団で活躍していた彼の注目度は高く、思いを寄せる令嬢も多いだろう。

嫉妬の怖さは身を以て知っている。婚約者ということをあまり周囲には知られたくはないので、呼び方も戻すようお願いしてみようか。

「っていうかオリヴィア王女殿下と一緒にいる女生徒はどなた？」

「見たことのない顔だわ。どこの家の令嬢かしら」

「……あの程度の女がシルフェン公爵家に近付くことが烏滸がましいわね」

あ、すでに悪目立ちしている。

こっちが関わりたくなくてもやっかみに巻き込まれそうな予感しかしない。

小さくため息をつくと、おもむろにヴュートが私の手を引いてもう一度柔らかく微笑む。

「ここは騒がしいようだし、どこかでランチにしようか。婚約者殿」

最後の余計な一言に、案の定「「「きゃーー!!」」」と女生徒の悲鳴が食堂に響き渡る。

「ちょっと、ヴュート私も連れて行きなさいよ」

「え、オリヴィアは邪魔なんだけど。僕二人分のランチしか作ってないし」

二人が何かやいやい言い合っているが、そんなことを気にしている場合ではない。

とにかくこの場を去って、誰の目にも触れず息を潜めていたいというのが切実な願いだった。

私がヴュートの婚約者だと知られてしまったからには、カルミア以外にも敵が増えただろう。

初日からこんな調子では、どこにどんな罠があって、どんな禍《わざわい》が起きるか分からない。

とにかく退学だけはダメ！　絶対！


その時、思いもよらない名前が聞こえた。

「あら、マクレン。貴方もここでランチ？」

「あれ、オリヴィア王女。そうだけど、君がここにいるなんて珍しいね」

明るい金髪に、整った顔立ち。砕けた雰囲気の笑顔でもどこか品が漂う彼からは〝あの時〟見せた苦悶《くもん》の表情など想像できない。

「そうそう、紹介するわ。友人のフリージアよ」

「初めまして。マクレン＝ヴェルダーです」

「はじめ……ましして。フリージア＝ソルトです……」

「ソルト？　あぁ、君が例のカルミア嬢のお姉さんか。僕は平民だからいろいろ失礼があるかもしれないけど、仲良くしてくれると嬉しいな」

『例のカルミア嬢のお姉さん』という言葉にはなんの含みもなく、ただ事実を述べているだけで、その表情は嫌味のない爽やかなものだ。

「もちろんです。ここはアカデミーですもの。私も仲良くして頂けると嬉しいです」

差し出された温かな手を握り返す。

『隣の彼も貴方と同じ毒ですぐ一緒に逝くわ』

あの時のカルミアの言葉が頭から離れない。

私のせいで巻き込まれた彼はあの後……。

「あ、そうそうオリヴィア王女。教授が今日のレポートに誤りがあるって言ってたよ」

「あら、本当。ちょっと、修正して出さないとダメね」

そんな二人の何気ないやりとりを見て、回帰してよかったと心から思う。

今度こそ……今度こそ二人で幸せになってくれることを願わずにはいられなかった。

＊　＊　＊

恐ろしいほどの勢いで胸に黒い澱《おり》が溜まっていく。

いつかあの男とアカデミーで出会うことは念頭に入れていたが、こんなにも早いとは思わなかった。

しかもオリヴィアの友人だなんて、接触を最小限にどころの話ではない。

そして何より……フリージアがマクレンを見た瞬間のあの表情は……。

泣きそうなほどの切ない眼《め》をして彼を見ていた。

『一体どこであの男と出会ったのだろうか』ではなかったのだ。

見た瞬間、恋に落ちたんだ。

どこで出会おうとも。

前回も、今も。

「そう言えばオリヴィアから聞いたんだけど、フリージア嬢は『ピクム』に関心があるとか？」

そのワードにギクリと身体が強張る。

「え？　ええ」

「僕は『ピクム』に何度か行ったことがあるし、そのほかにも父の仕事柄世界のいろんな観光地にも行っているから、きっと貴女と話が合うとオリヴィア王女が」

にこりと微笑むマクレンは、砕けた話し方をしているものの、その所作には育ちの良さを感じさせる品があり、平民の商人とは思えない。

そして『ピクム』はオリヴィアから何度も聞いた、フリージアのいつか行きたいところトップ3に入っていたところだ。

「まぁ……！　それは是非お話を伺いたいです」

先ほどまでの切なそうな様子から一転、今度はキラキラとした瞳で彼を見ている。

「ジア、僕も遠征でいろんなところに行ったから、僕の話もいろいろ聞いてほしいな。『ピクム』はまだ行ったことがないけれど、氷の洞窟『ヴァートナ』や、天空の城と呼ばれる雲の上にある『サチュリオ』が素敵だったよ」

対抗心丸出しで会話に割って入るなど褒められたことじゃないと思いながらも、背に腹は代えられず、フリージアの肩口から彼女の顔を覗き込むように言う。

その瞬間、「ぷっ。ダサっ」とオリヴィアが笑ったのが視界の端に見えた。

お前があの男にフリージアの話をしたからこんなことになってんだろ！

しかもわざとか知らないけれど、僕を紹介していないし！

心の中でそう従妹に悪態をつきながらも表情には出さない。

「えぇ……そうですね」

そしてフリージアの熱量が低い！　むしろ下がった！

なぜだ！『ヴァートナ』も行きたいところトップ3に入っていたはずなのに。

目を丸くして固まっているマクレン＝ヴェルダーに牽制……ではなく、自己紹介をする。

「初めまして。オリヴィア王女の従兄《いとこ》で、フリージアの婚約者のヴュート＝シルフェンです」

握手を求めて右手を差し出しながら言うと、ドサリと音がして、彼の持っていた本やら書類やらがその足の上に落下した。

「あぁあ……ああ、貴方は！　かの有名なヴュート様！　私はマクレン＝ヴェルダーと申します。父は隣国、ウィンドブルで商人をしております」

突然キラキラした目でマクレン＝ヴェルダーが詰め寄ってきた。

いや、足、痛くないのか!?

「え？　あ……有名かは知らないけど……」

「いやいやいや、どこに行っても、どこの国でも貴方のお名前は轟《とどろ》いております。この国に留学が決まった時、お目にかかる機会があれば嬉しいと思っておりましたが、まさかここでお会いできるなんて！　騎士服をお召しになっていないとはいえ、ご本人を前にして気付かないとは。大変、大変失礼いたしました！」

「は？」

突然テンションが上がったマクレンに笑顔で握手を求められ、思わず一歩後ずさる。

「いやぁ、僕、実は魔法剣士になりたかったんですが、才能がからっきしで。家業もあるので別の勉学に励みましたが……なかなか憧れというのはどうしようもないものですね。新聞に載っている貴方様の活躍はすべて切り抜いて、ファイルにまとめてあります。実物はさらに凛々しく、……眩しい……。あぁ、本当にお会いできるなんて夢のようです」

「はぁ……」

なんとも力の抜ける内容に対抗心を剥《む》き出しにした自分が恥ずかしくなる。

「この人、私に話しかけてきたきっかけも貴方よ、ヴュート。『ヴュート様の従妹のオリヴィア様ではありませんか？』って。なんで私が貴方の後付けなのよ。生きてきた中で一番の屈辱だったわ」

「知らないよ」

「ヴュート様、もしよろしければこの後、貴方様の武勇伝を。以前新聞で見たフェンリル討伐内を……」

「ちょっと！　貴方レポートの訂正があるんじゃないの⁉　締切あるでしょう⁉」

「そんなの後回しに決まってるだろう？　ささ、ヴュート様。おすすめのカフェテリアにご案内を……」

「僕は行くとは言っていない！」

　勝手に話を進める二人のテンポについていけない。

「ぷっ」

　後ろで小さく笑う声が聞こえて振り向くと、フリージアがうずくまるようにお腹を抱えて小刻みに震えていた。

「フリージア？」

「ごっ、ごめんなさい。可笑《おか》しくて……ふふっ」

　こんなに笑うフリージアを見たのが初めてで、固まってしまう。

　うっすらと目尻に涙を滲ませ、本当に笑いを堪えるのに震えているようだ。

「せっかくだからみんなでランチをしたらいかがですか？」

　立ち上がりながらハンカチで涙を拭く彼女は、オリヴィアとマクレン殿に提案をする。

初めてのアカデミーだから、彼女にとびきりの場所を案内しながら二人で食べたかったのにと、内心落ち込むと、背後からポンと肩を叩かれる。

「ヴュート、そんなにがっかりするもんじゃないわ。私と一緒にいればフリージアの『素《す》』が垣間《かいま》見《み》られるかもしれないわよ」

悪魔の笑みを湛えて囁く赤髪の従妹の誘惑に、僕はあっさりと陥落《かんらく》した。

＊　＊　＊

「ははぁ！　それでその時ヴュート様があっさりフェンリルを倒してしまったんですね！　さすがですね！」

「い……いや、確かにトドメを刺したのは僕かもしれないけれど、それまで団員がフェンリルの体力を削って、僕のところまで追い詰めたって……。君、僕の話ちゃんと聞いてた？」

結局、食堂ではなく外で食べようという話になり、私とオリヴィア、ヴュートとマクレンの四人はテイクアウトができるカフェに向かっていた。

案内役のマクレンはヴュートの横を歩きながら、騎士団での武勇伝に想像に膨らませ楽しんでいるようだ。

グイグイくるマクレンに困惑しているヴュートがおかしくて、隣でオリヴィアがクスクスと笑っている。

二人を見る彼女の瞳がなぜ優しいか、私には分かる。

「何が『ハンカチの効果がない』よ」

彼らの後ろを歩きながらオリヴィアにそっと耳打ちすると、ギョッとしたようにこちらを向く。

「なん……。何が……」

だんだんと顔が赤くなるオリヴィアは、私が以前《恋の紋》を刺繍してあげたハンカチのことを指しているのが分かっているのだろう。

「下手なりに刺繍した甲斐があってよかったわ」

「ちょっと、ちょっと。何決めつけてるの。彼は……平民。私は王女。……そんなことあるわけないでしょ」

そうね、『平民』ならね。

そう心で付け足す。

オリヴィアはまだ知らないのか、それとも知っていて隠しているのか。

マクレン＝ヴェルダー。

本名、マクシミリアン＝スミリア＝ウィンドブル。

隣国、ウィンドブル王国の第二王子だ。

そして、彼の婚約者候補がウィンドブル国の《聖女》シャルティ様だ。

あくまで〝候補〟なのは、第一王子と第二王子のどちらが王位を継ぐかで揉《も》めており、《聖女》は次期王太子が《聖女》と結婚することになっているからだ。

ウィンドブル王は未だ王太子を決めておらず、現王妃・ミラの子である第一王子と、前王妃の子である第二王子マクレンの派閥争いが活発化していると聞く。

第二王子であるマクレンは当時王妃だった母から生まれたものの、その時にはすでに当時側室だったミラが第一王子を産んでいた。

約十年前、亡くなった前王妃に代わり王妃となったミラは、息子である第一王子の王位継承権を盤石なものにしようと画策し、対抗する前王妃の実家との派閥争いは熾烈《しれつ》を極めている。

命の危険を感じたマクレンは、身分を隠し平民としてこのウォーデン国立アカデミーに留学してきたのだと、回帰前に本人から聞いていた。

これから紆余曲折《うよきょくせつ》はありつつも、マクレンとオリヴィアが結ばれることは分かっている。

今回こそは、生きて幸せになってほしい。ただそれだけを願うばかりだ。

「そっちこそ、何が『ヴュートはカルミアと恋に落ちる』よ。ヴュートったら、挨拶しながらチラチラ婚約指輪覗かせて、めちゃくちゃマクレンを牽制してたじゃない。……っていうか、貴女の婚約指輪は？」

物思いに耽《ふけ》っていたところに、オリヴィアが反撃してくる。

「……サイズ直し中よ。そもそも彼が牽制してるように見えたとしたら、オリヴィアのせいだからね。貴女が余計なことを言うから、私が新しい婚約者を探してると思われてるのよ。シルフェン公爵家としては、宝石事業の繋がりがあるうちと関係を拗らせるわけにいかないから、牽制せざるを得ないでしょう」

小さくため息をつく。

……新しい婚約者は探していませんってハッキリ言ったほうが手っ取り早いかな。

いや、奨学金目当てで、家を出るつもりだなんでそれこそ言えない。

勘違いしておいてもらったほうがまだマシかもしれない。いや、でも……。

「……そういうことじゃないんだけどね」

オリヴィアが小馬鹿にするように囁いた言葉は、悶々と頭を抱えている私に届くことはなかった。

カフェでテイクアウトした後、案内された景色のいい東屋は、目の前に色とりどりの花が咲き誇り、中には見たことのない花もあった。

「すごい、綺麗。珍しい花もたくさんあるのね」

「そうよ。ここは農学部が管理していて、品種改良でウォーデンの気候では育ちにくい植物や薬草なんかも育てているのよ。ほら、あそこ。ピポラの花が見えるでしょう？　七、八年ぐらい前に流行した病気を覚えてる？　あの時、薬草が足らなくて亡くなった人が大勢いたの。あれ以来、安定して供給できるようにずっと研究が続けられていて、野生でしか育たなかったのが、最近では上手く栽培できているそうなのよ」

「へぇ……。すごいわね」

「ほら、王家に保管されている加護の紋も、百年近く日輪の魔女がいなくて使い物にならないでしょう？　それで今はこういった研究に力を入れているのよ」

「……え？　使い物に……ならない？」

オリヴィアの言葉に、私はただ驚くしかなかった。

13、油断

「使い物にならないって？」

戸惑いながら繰り返すと、オリヴィアが知らなかったのかと少し驚いた顔をした。

「そうよ。王家に保管してある石碑に刻まれた加護の紋は劣化して欠けて、ほとんど使い物にならないのよ、それで……」

「――うわぁぁ！　すごい！　これ、全部ヴュート様が作ったんですか⁉」

驚きと歓喜に満ちたマクレンの声が、オリヴィアの話を中断させた。

「な、何……？」

ただならぬ様子に、オリヴィアの意識は完全にそっちに持っていかれている。

マクレンはヴュートの持っていたバスケットを覗き込みながら解説を始めた。

「オリヴィア王女、見てよこれ。ベーコン、玉ねぎ、トマトにほうれん草の入ったケークサレなんて完璧な焼き加減だし、一緒に入っているライスサラダもカラフルで眩しいくらいだ。スライスされたオレンジの厚さも均等で……」

「ねぇ、君、勝手に食べようとしないでくれる？　これは僕とフリージアのなんだけど」

いつもの穏やかさとは打って変わって、さっきから子供のように言い合っているヴュートをとても新鮮に感じる。

「やぁねぇ。減るもんじゃないし、少しくらい分けてあげなさいよ」

「何言ってんだよ！　減るに決まってるだろ。あ、オリヴィア、勝手に食べるなってば！」

「やだ、美味しい。腹立つわね」

「勝手に食べといて勝手に腹立てるなよ！」

「ヴュート様、僕の買ったライ麦パンのサンドイッチでよければ……」

「それは自分で食えよ！」

二人に翻弄されているヴュートは何度見ても笑えてくる。

従妹の前では、英雄も形無しだ。

ヴュートの料理をつまみすぎたオリヴィアが、彼にバスケット接近禁止命令を出され抗議していたのを見かねて声をかける。

「オリヴィア、私もパストラミのサンドイッチ作ってきたから分けて食べよう」

「「「え⁉」」」

「え？」

あまりに三人の声が揃いすぎていてこちらが驚いてしまう。

「フリージア、貴女も自分で作ってきたの？」

「ええ、いつもヴュートに作ってもらってばかりじゃ申し訳ないと思って。でも挟んだだけだからたいしたことないのよ？　ヴュートみたいに手の込んだものは作れないし」

ヴュートのより幾分か小さい、籐でできたボックスを開けてテーブルの上に置く。

本当はヴュートと二人で分けようと思って持ってきたものだけれど、こうなったら仕方ない。

「美味しそうじゃない！　早速……！　あ、ちょっと待って！　ミリヴェン教授だわ！　渡したいものがあるから行ってくる！　すぐ戻ってくるから、私の分、残しておいてよ！」

そう言ってオリヴィアは、真っ白なローブを着た女性のところへ小走りで駆けて行った。

「忙しい子ね……」

小さくため息をつくと、横からマクレンがサンドイッチを覗き込んできた。

「いいなー、オリヴィア。こっちも美味しそう」

「いいわよ、マクレン、貴方もひと……っ……」

顔を上げてそう言った瞬間、マクレンの後ろの、えも言われぬオーラを纏ったヴュートと目が合い、しまったと気付く。

そういえば、さっきからオリヴィアとの会話も『素』だった。

回帰前の私は、マクレンともオリヴィアとも、お互い敬称も敬語もなく会話していた。

三人の会話の雰囲気に呑まれて、そのクセがこんなところで出てしまうなんて、ついうっかりでは済まされない……。

「ご、ごめんなさい。マクレン様、大変馴れ馴れしくお呼びしてしまって」

「えー？　いいよ、いいよ。僕平民だし。気兼ねなく呼び捨てしてくれて構わないし、敬語もいらないよー」

いや！　それを笑顔で言わないで！

ヴュートからの敬語なし要求を全力で回避しているところなんで！

「え、何なにー？　なんの話？」

「オリヴィア！」

戻ってくるの早っ！

「フリージア嬢は僕に、敬称や敬語なしで話してよっていう話」

やめい！

「いいんじゃない？　気付いてると思うけど、マクレンなんて私にだってすでに敬語なしだし。ちょいちょい敬称もなくなるし。アカデミーだし問題ないわよ」

ほら！　オリヴィアはこう言うに決まってる！

チラリと恐る恐るヴュートを見ると、めちゃめちゃ！　ものすごく眩しい笑顔なのに、ブリザードの魔法でも展開しているのかと思うほど冷気が漂っている。

すごーい、高度魔法を《紋》なしだ〜！　なんて思わず現実逃避をしたくなる。

「……僕もジアに友達ができるのはいいことだと思うよ！　マクレン殿やオリヴィア当人が許可してるんだし、アカデミーなんだから敬称も敬語もなしでいいんじゃないかな。〝ジアと僕も〟敬語なしだしね」

はい、決定！

只今より、ヴュートとの会話も敬語なし決定。

油断した自分がすべて悪いのだが、笑顔の圧で決定したヴュートが憎らしく思える。

あぁ……これでまた、距離が縮まりそうで嫌だ……。

これ以上近付いても、どうせ彼は離れていくのに……。

＊　＊　＊

フリージアが僕のためにサンドイッチを作っていてくれたことに、湧き上がる幸福感を噛み締めていたところ、地獄に叩き落とされた。

彼女は『マクレン』と呼んだ上に、敬語もなしで親しげに彼を見た。

以前から知り合いだった？

マクレン＝ヴェルダーからはそんな素振りはまったく感じなかったが、以前オリヴィアから、幼い頃のフリージアは下町で平民とよく遊んでいたと聞いたことがある。

その頃にでも出会っていたとしたら？

マクレン＝ヴェルダー本人も父親の仕事柄いろんなところに行っているとと話していたし、二人が幼い頃出会っていた可能性もある。

今のフリージアは、僕が初めて会った時の活発さは鳴りを潜め、貴族令嬢らしくなっているから、マクレンは気付いていないのかもしれない。

そう考えると、「初めまして」と挨拶した時のフリージアの表情も辻褄《つじつま》が合う。

泣きそうなほどの切ない目は、彼女だけが彼を覚えていた切なさか。

さらには、消えることのなかった彼女が彼女らしくあった頃の恋心か……。

考えれば考えるほど落ちていく心をなんとか持ち堪《こた》えようと踏ん張る。

今度は足掻《あが》くと決めたじゃないか……。

必ず彼女を手に入れると……。

そうだ、落ち込んでいる暇はない。フリージアと距離を詰めるチャンスじゃないか。

「……僕もジアに友達ができるのはいいことだと思うよ！　マクレン殿やオリヴィア当人が許可してるんだし、アカデミーなんだから敬称も敬語もなしでいいんじゃないかな。〝ジアと僕も〟敬語なしだしね」

そう言うとフリージアは、目を泳がせ、乾いた笑いを溢しながら「は……はは。そうですね……じゃなくて、そうね」と同意した。

「え、じゃあ僕も敬称、敬語なしでヴュート様に呼んでもらえるってことですか!?」

マクレン＝ヴェルダーが嬉々として言う。

お前はどうでもいいんだよ！

「……いや、憧れのヴュート様に敬称敬語なしは自分にはハードルが高い……。うーん」

勝手に悩んでいるマクレンに「好きにしてくれ」とだけ言って、彼のナプキンの上に取り分けられたフリージアのお手製サンドイッチと、僕の作ったケークサレを取り替える。

僕のためにジアが作ってくれたものをお前に食べさせるわけないだろ！　と心の中で罵りながら。

＊　＊　＊

「そういえば、フリージアは今年の王家主催のピクニックには行くの？」

食べ終わったナプキンを片付けながら、唐突にオリヴィアが私に聞いてきた。

「もうそんな時期？」

「そうよ。ソルト家は毎年来ているけど、フリージアはもう何年も参加していないでしょう？今年はどうするのかなって。シルフェン家と一緒に参加するの？」

父と義母、カルミアは毎年揃って参加していたけれど、私は決まって祖母と一日中部屋に籠もって勉強だった。

息の詰まるような授業が嫌で、祖母もみんなとピクニックに行けばいいのにと思っていたけれど、「人の多いところは疲れる」と参加しなかった。

最後に行ったのはいつだったか。

おそらく祖母と参加したはずだが、記憶になく、「どこぞの令息にイタズラをした」のを怒られた年が最後だろう。

「どうする？　ジア。行く？」

「え？」

私の顔を覗き込むように問いかけるヴュートはいつの間にか上機嫌だ。

王家主催のピクニックに、いい思い出があるのかもしれない。

「あ、僕達アカデミーの生徒も行くよ」

そう言ったマクレンに視線を移す。

「確か、ピクニックは国内の貴族の集まりじゃなかった？」

「フリージアやヴュートは最近参加してないから知らないだろうけど、三年前からアカデミーの学生も参加できるようになったのよ。アカデミーには優秀な人材がたくさんいるから、貴族側としては将来有望な人材を確保する、学生側としては自分を売り込むチャンスとして、いい交流の場となっているの」

「へぇ……」

もう、何年も参加していなかったのでいろいろと様変わりしているようだ。

母が健在だった頃に何度か参加したピクニックには楽しい思い出しかない。

ボートに乗って探検ごっこをしたり、珍しい蝶々《ちょうちょ》を捕まえたり。

大きな花冠も作った記憶もある。

あの頃の記憶にふんわりと心が温かくなった。

計画が上手くいって婚約破棄となれば、もう王家のピクニックに参加することなどないかもしれない。

それならば行けるうちに思い出に浸るのも悪くない。

「そうそう、僕の国の聖女シャルティ様も、今年のピクニックに参加するって話を聞いてるよ」

「そうなのよ。完璧な聖女と名高いシャルティ嬢と、我が国の聖女カルミア嬢の共演を見られるまたとない機会だって社交界は話題沸騰中よ。そのためのイベントも予定されているって聞いてるわ。だから参加しましょうよ。絶っ対……面白いから！」

そう言ったオリヴィアの笑みからは、トラブルの予感しかしなかった。

それを先に聞いてたら絶対に断ってたのに！

トラブルに巻き込まれるのはごめんなので、イベントには近付かないでおこう。

「神事以外で聖女が浄化をするってだけでも貴重なんだから、楽しみなさいよ」

「神事かぁ……」

「何？　どうしたの？」

「今日、カルミアの神事の手伝いなのよ……」

「何よ、手伝いって。神事の時は神殿内は関係者以外立ち入り禁止のはずでしょう？」

その通りなのだが、例外が罷《まか》り通っているのが現状だ。

カルミアが八つの時に《聖女》と認められてからも、しばらくは祖母が《聖女》としての仕事をしていたが、あの子が十歳になると完全にカルミアに引継がれた。

引継ぐと言っても神事の準備も片付けもすべて私がして、カルミアは祈るだけだ。

祖母にサポート役を与えられたのは、カルミアが幼かったゆえと思っていたが、それからずっとカルミアが十五歳になった今でもその状態だ。

神事の手伝いなど私もやりたくもないし、カルミアのためにもならない。

正直カルミアがどうなろうと気にならないが、神事が行えないと国の安寧を損ねてしまう。

この国を混乱させたいわけではないので、私がいなくなった後でも滞りなく神事が行えるように、カルミア本人がきちんとできるようになってくれないと困る。

サポートが必要と言うのなら、アカデミーの編入試験の成績の悪かった自分ではなく、優秀な友人に引き継げばいい。

という話を、要所を隠しつつふんわり説明したのだが……

「無理でしょ。あの子、頭悪いし」

「「「……」」」

身も蓋もないオリヴィアの言葉に三人が絶句する。

「いや……でも、成績優秀って聞いてるよ。課題は私がやってるにしても、授業はあの子が受けているんだし……。よくはなくとも、悪くはないんじゃないか……な?」

少なくとも授業で答えを求められたら解答しなくてはいけない。

祖母との授業など、ほとんど質問形式で常に頭はフル回転だ。

「は？　まぁ、教授によって差はあれど、授業は基本一方通行よ。質問することはあっても、質問されることなんてほとんどないわ。ゼミや研究室に入れば別だけどね。あの子と同じ授業をいくつか取ってるけど、稀《まれ》に質問されても謎のふんわりで回避してるわよ」

『謎のふんわり』って何？

頭にハテナマークが飛び交う中、ヴュートが言った。

「でも、カルミア嬢は自信満々に『見にきていい』って言ってたから、それなりにできるんじゃないかな？」

「ヴュート……貴方」

オリヴィアは呆れたように呟く。

「すごいなぁ、ウィンドブル王国では神事はよほどのことがなければ王族すら入れませんよ。ウォーデン王国は開かれた神事を行うんですね」

「何言ってるの、マクレン。そんなわけないでしょ。この国でも神事は本来、聖女と限られた神官のみで執り行われるべきものなのよ」

「今回は、ジアがカルミア嬢の友人に神事のやり方を引継ぎするから特別に僕も神殿に入れるんだ。何かお礼の品を持っていかないとな……」

そう言ったヴュートに「貴方のくれたものなら、あの子はなんだって飛び上がって喜ぶわ」と内心冷めた気持ちで呟くも、そんな感情を持つ自分に嫌気が差す。

「……ヴュート、今日は授業もないし、カルミアに渡すものをこれから街に探しにいかれてはいかがですか？」

「いや、君を置いて帰るのは……」

「私ももう帰りますよ。シルフェン邸に戻ったら図書室で調べたいこともありますし」

神事の前に《日輪の魔女》についてできるだけ調べておきたい。

今までは編入試験で手一杯だったけど、カルミアに先手を打たれる前にできる限りの予防線を張らなくてはならないのだから。

「そうか、じゃあ帰ろうか。オリヴィア、マクレン。僕らはお先に失礼するよ」

「またね、オリヴィア、マクレン」

「「またね」」

そう言って二人で東屋を後にした。

背中からオリヴィアとマクレンの弾む声が聞こえ、これからの神事のことを考えて重くなっていた気分が幾分か浮上し、思わず笑みがこぼれた。

14、カルミアの驕《おご》り

今日は人生で一番特別な神事だ。

自分の部屋の大きなクローゼットを全開にして、神殿に行くためのドレスを選ぶ。

ヴュート様と約束を取り付けた後、アカデミーは神事を理由に早退した。

帰ってすぐお風呂に入り、メイド五人がかりで全身を磨き上げさせる。

最近取り寄せたばかりの最高級の美容液で時間をかけて肌を整え、一番美しく見えるメイクを施せば、鏡に映る自分にため息が溢れる。

うっすらと上気した頬に、シミ一つない抜けるような白い肌。

水色の瞳は綺麗なアーモンド型で、柔らかく弧を描く眉と完璧なバランスを作り上げている。

その中にある派手すぎないピンクの唇は食べ頃の果実のようだ。


ヴュート様が私の神事を見にきてくれる。

完璧でなくてはならない。

今まで以上に眩《まばゆ》いばかりの《女神の祝福》を受けなければ。

「カルミア様。ドレスはこちらの白と水色、どちらにするかお決まりでしょうか？」

侍女のマリアと一時間かけて最終候補の二着に絞ったドレスを、鏡の前で交互に合わせる。

「やっぱり白かしらね。神殿のステンドグラスの光には白が一番映えるわ。でも、神事の前は少し暗いから、水色のほうが神秘的かしら……。うーん、悩ましいわね」

「そうですねぇ。でも、カルミア様はお美しいから、何を着てもヴュート小公爵様は心酔してしまいますわ」

「やぁねぇ、マリア。……そんなの分かってるわよ」

《聖女》であるだけでなく、美しい私を目の当たりにすれば、誰もが私に陶酔《とうすい》する。

それが神事を行う姿であればなおのこと。

今まで散々、父からシルフェン公爵家に婚約者の入れ替えの話をしてきたけれど、律儀《りちぎ》なシルフェン家はそれに頷《うなず》かなかった。

ならば、今日の神事で私の神々しさを存分に見せて、《聖女》の素晴らしさと、そのサポートしかできない〝出来損ない〟の姉との差を見せつけて、婚約者をひっくり返すしかない。

脳裏に浮かぶのは夜の帷《とばり》のような黒髪に、高貴な雰囲気を醸し出すダークブルーの瞳。

誰もが一目見ただけで恋に落ちるほどの美しさに、近い将来騎士団長になるのは確実と言われていた剣の腕、そして王家をも凌《しの》ぐと言われる財産に広大な領地。

すべてを兼ね備えた男性がヴュート＝シルフェン次期公爵だ。

あの冷たいダークブルーの瞳が、熱の籠もった目で私を見つめ、蕩けるような微笑みで愛を囁いたら……。

何度も夢に見た瞬間が今日、現実となるだろう。

「ふふふふ……」

「楽しそうですねぇ」

「ええ、楽しくて仕方ないの」

「ところで、本当に神事のお衣装をこのようにして大丈夫ですか？」

そう言って、マリアが淡いクリーム色のシンプルな《聖女》の衣装を持ち上げた。

その地味な衣装は、腰から裾にかけて大きく切り裂かれている。

「いいのよ。最後に片付けたのはお姉様。管理がなっていないお姉様のせいで私がドレスで神事を行うしかないんだから」

裂いたのはマリアだが、指示をしたのは当然私だ。

こんな地味な衣装では神々しさも半減する。

「フリージア様が置いていかれた神事のノートはどうされますか？」

姉が何年も使っていたボロボロのノートをマリアが示す。

「あぁ、それも聖女の衣装と一緒に入れておいて。あの子達に渡すから」

こんな汚いノートを置いていくなんて馬鹿にしてると思う。残すなら綺麗に清書していけばいいのに。書いてある内容もさっぱり分からないし。

普段使わない紋様も、星見計算に古代文字も、神事でしか使わないのだから、覚えるだけ無駄だ。

神事の前に、姉が毎回何か説明しているけど、祈るだけで女神は祝福してくれるのだから、どうでもいい。準備なんてやりたい人がやればいいのだ。

マリアが切り裂いた衣装と一緒に姉の残したノートをカバンに入れたのを見たところで、再度鏡に向き直る。

「やっぱりこの白のドレスにするわ。胸元のレースも上品で繊細で庇護欲《ひごよく》を唆《そそ》るし、この肩を出した袖のドレープと、スカートの揺れる感じが男性の心をくすぐると思わない？」

「本当に素敵です」

ドレスを着た後は、いつもの水色のリボンを自慢の髪に飾った。

「ふふ……完璧だわ」

15、神事見学

「ヴュート様！　本当に来て下さったんですね！　お待たせして申し訳ありません」

真っ白なドレスを着たカルミアが令嬢トリオを引き連れて神殿の入り口にやってきた。

後ろの三人も、裾の広がったドレスを着て気合十分といった感じだ。

夜会や舞踏会ではないですよ？

そうしらけた目で彼女達を見るが、後ろに控えているカルミア付きの侍女のマリアがカバンを持っているので、その中に神事用の衣服が入っているのだろう。

「カルミア嬢。今回はご招待ありがとうございます。素敵な装《よそお》いですね」

全女性の腰を砕かんばかりの涼やかな笑顔でヴュートが挨拶をすると、カルミアは頬を染めた。

「そんな、ヴュート様も……とても素敵です」

「ありがとうございます。どんな装いがいいかわからなかったので、神聖な儀式なので正装をしてみました」

カルミアの顔の近くでにこりと言う彼に、妹はさらに顔を赤くしている。

もちろん後方の令嬢トリオも。

「まるで結婚式のようですわね！」

はしゃいだ様子でのたまうカルミアはつまり、真っ白なドレスを着た自分が新婦と言いたいのだろう。

「本当、お似合いですわ」

「誰もが羨むカップルですわね」

ヴュートの真後ろに立っている私を完全に蚊帳《かや》の外にして、令嬢三人が援護射撃をする。

「……ははっ。いやいやそんなこと……」

一拍おいて照れたヴュートの普段のクールさとのギャップに女性陣が射抜かれ、私はというと、そのまんざらでもなさそうな様子に胸が重くなった。

分かっていたことでも、消化不良な感情をどうすることもできない。

「僕達、お似合いだってさ。フリージア」

唐突にヴュートが後ろにいた私の腰を引き寄せ、こめかみにキスを落とす。

予想外すぎる行動思わずにたじろぎ、抗議をしようとするものの、目の前のカルミア一行の視線が怖すぎて視線も身体も動かせない。

その時、後ろの神殿の扉が開き、白い正装に身を包んだ神官長が出てきた。

「カルミア様！　もういらっしゃっていたのですね。お出迎えもせず申し訳ありません。……ええと？　そちらの方々は？」

「彼女達は今後私のサポートをするご令嬢方よ。今日はお姉様から引継ぎをしてもらうの。こちらはヴュート＝シルフェン様で……私の特別な方です……」

「あぁ、左様でございますか。では、皆様どうぞ中へ」

あまりにあっさり入れたことに「緩すぎでしょ！」と言いたくもなるが、所詮すべては鶴の一声ならぬ、カルミアの一声で決まるのだ。

どうせ神事の後は長話からお茶へ行こうと言う流れになるだろうから、準備が終わったら、さっさと退出して帰ろう。

そして先ほど図書室で見つけた《日輪の魔女》についての本を読もう。

そう心に決め、重い足取りで神殿に入っていった。

＊　＊　＊

神殿に一歩入ると、大きな礼拝堂がある。

正面には太陽神ディーテの像が鎮座しており、さらにその後方の垂れ幕の裏にドアが一つある。

「どうぞ。暗いので足元にお気をつけ下さい」

そう案内された部屋には小さな窓が入口のドアにあるだけだ。

神官が部屋の四隅に置かれたランタンに魔法で火を灯すと、薄暗かった部屋が明るくなる。

私とカルミアは見慣れているが、部屋の様子にヴュートと令嬢達が息を呑むのが聞こえた。

「これは……」

「すごい……」

床一面に広がる紋様と古代文字。

その中央にディーテの像が置かれ、天井には鮮やかなステンドグラス嵌め込まれている。

「とりあえず貴女達は着替えてきて下さい。その格好では……」

神具を引っ掛ける恐れがあると言おうとしたところ、カルミアが、「無理よ！」と、涙声で言った。

「は？」

何が無理なのか疑問に思うと、カルミアはおもむろにカバンの中から淡いクリーム色の衣装を取り出した。

「……っ!?」

目の前に突きつけられたドレスは無惨にも腰から裾にかけて大きく切り裂かれている。

「お姉様がやったの?」

「は?」

「最後に……この衣装に触れたのはお姉様でしょう? そんなに私に恥をかかせたかったの?」

ポロポロと涙を流し同情を誘うカルミアを令嬢達が慰めにいく。

「……私はそんなことはしないわ」

「カルミア嬢。何かの間違いではないですか?」

横からヴュートが問うが、それもカルミアの計算のうちだろう。

さらに目から涙が溢れ、ふるふると震えている。

「ヴュート様は……私のことを信じてくれないのですか? でも、それが真実なんです」

神事に使う衣装を裂くなんて愚かにもほどがある……。それを私のせいにしても、なんの得にもならないだろうに。

「今の話は本当ですか! フリージア殿」

神官長が鋭い目つきで私の目の前に立った。

「いいえ。私ではありません」

言っても彼は信じないだろう。

「でも、今カルミア様が貴女が最後の管理者と仰っていましたよ。……こんなことをして神事の妨害をするなど神をも恐れぬ所業！　今すぐここから立ち去りなさい！」

「え⁉」

声を上げたのはカルミアだ。

当然そうなるに決まっている。

なぜそこに考えが及ばないの。

「し……神官長様、お姉様をそんなに責めないで下さい！　きっと魔が差しただけで……。落ち着いて下さいませ。私の大事なお姉様なんです」

今さら自分のしでかしたことに気がついたのか、青ざめたカルミアが泣きながら神官長の前に立った。

「あぁ、なんとお優しい……。フリージア殿、貴女は今までマグノリア様とカルミア様の温情で名誉ある神事の手伝いをさせてもらっていたというのに……。今回に限ってはカルミア様の涙に免じて不問にいたしますが、二度と……！　二度と神殿に足を踏み入れることは許されません！」

神事とは国の浄化を行う大事な儀式だ。

国の浄化が滞れば、大きな疫病や、巨大な魔素溜まりの原因となり、魔物の出没も多くなる。

何より国を魔物から守る結界も弱くなる。

月に一度の神事による《女神の祝福》によって国全体が守られているのだ。

それを邪魔するということは当然犯罪に等しい。

それを不問とは……。

カルミアの涙と嘘にいとも簡単に振り回される彼らに吐き気がする。

一方のカルミアは、予想外のことの運びにあたふたしている。

幼稚な考えに杜撰《ずさん》すぎる計画。それでもそれが罷り通る現実が恐ろしい。

「神官長殿。なんの根拠もなくそのようなことを決められるのは、いかがなものかと」

ヴュートがそう言うと、神官長は眉根を寄せて彼を睨みつけ、私も目を見開いた。

信じられない……。

「シルフェン小公爵様。これは神殿内の出来事です。貴方様の出る幕ではございませんよ。カルミア様が嘘をついておられるとでも言いたいのですか？」

「嘘とは言っておりません。ただよく調べるべきではないかと申し上げているのです」

私の前に立ち神官長に向かうヴュートの背中から、怒りを感じる。

「ヴュート、いいの……」

神殿を敵に回してもいいことなどない。

女神信仰が国民の心に根付いているこの国では、彼らの力は政局さえも左右するほどなのだから。

それでも……今まで誰も庇ってくれなかった世界で、誰かが味方をしてくれた、自分を信じてくれた喜びに胸が熱くなる。

『カルミアの言うことは絶対。彼女を否定することなど許されない』

そういう世界で育ってきた私にとって、信じられないことだった。

「とりあえず、神事の準備をしましょう！　お姉様、皆様に説明して差し上げて。はい、これ、置いていかれた神事のノートです」

カルミアが状況を誤魔化そうとしているのは見え見えだが、神官長は当然異議を唱えることなどせず、こちらを睨みつけて私に準備を促した。

私はノートを令嬢達に渡して、神官達が持ってきた神具の箱を受け取って説明を始めることにした。

「この床に描かれた古代文字は、地名です」

そう言って床の古代文字を指す。

「この五つの神具は水晶や宝石などの鉱石でできていて、この国の首都を始めとした五箇所に置かれた紋とその中心に埋め込まれた鉱石と繋がる力を持っています。神具の裏には古代文字で星の名前が刻まれているので、中心に立つ太陽神ディーテ、つまり太陽の動きに合わせて星見計算をして、その星の現在の位置と浄化したい土地を結んだ位置に置きます。正しい位置に置いた上で聖女が祈りを捧げると、その中心に埋め込まれた鉱石を通して浄化が行われます」

そう説明するも、令嬢達の頭の上にハテナマークが浮かんでいるのが見える。

「……とりあえず、星見計算をして星の位置を割り出すところからしましょうか……」

何百年分もの資料を元に編み出された星の計算式と、ノートに記した今までの星見表を照らし合わせながら現在の位置をはじき出す。

「……まったく分かりませんけど……」

「もうちょっと分かりやすく説明して下さいます?」

「こんな計算式初めて見ます……」

ゆっくり動く星もあれば、早く動く星もある。さらに太陽も動くので、それも合わせて位置を計算する必要がある。

「……これは経験というか、数をこなして慣れることからです。過去数年を遡《さかのぼ》っての星の動きに合わせて計算の練習をされるのがいいかと思います。私の説明が分かりにくければ、アカデミーにも星見計算を専門とされる先生がいらっしゃるので、教えて頂くのがいいですよ」

私に星見を教えたのは祖母だ。

今年からアカデミーの講師をするらしいし、彼女に教えを乞えばいい。

「それから、ここに描かれている紋ですが、嵌め込まれているだけなので外せます」

そう言って、嵌め込まれていた《紋》を石板ごと外した。

「この紋は大地の浄化、あちらは水の浄化、それから雨降らしに、魔素の浄化、海の加護、に作物の加護、それから――」

「「「はぁ……」」」

令嬢トリオは、おそらく分かっていないけれど、これも経験だ。

「図解はここにあります。それぞれの土地で必要としている事柄が違いますので、月に一度地方から上がってくる報告を聞いて最善の紋を置いて下さい」

そう言って、ノートを見せた。

「「……」」

「あの……ノートに書いてある紋と比べて、ここにある紋は少ないように思うけど……」

黒髪の令嬢が恐る恐るといった様子で口にした。

「ええ。他の紋は別室に保管してあるので、必要な時に持ってきて置いて下さい。例えば国王陛下や王族の方が遠征に行かれる場合には旅の紋など、他の紋とのバランスを考えて置きます」

「……バランス」

「とりあえず、今日は私が神事の準備をするので見ていて下さい。その格好ではドレスの裾が神具に引っかかって配置したものが動いたり壊れて、神事が行えなくなってはいけませんので。……今後、分からなければカルミアに聞いて下さい。彼女も『やっている』というからには、分かっているはずですので」

そう言って令嬢方に視線を移すと、三人固まって壁の端にピッタリとくっついた。

チラリとカルミアを見ると、彼女はヴュートの側で嬉しそうに話をしていた。

分かってたよ。私の説明をまったく聞いてないことはね。


――神事の準備が終わり、後はカルミアが祈りを捧げるだけだ。

説明をしようかとカルミアの側に行くと、彼女の弾む声が神殿内に響いた。

「えぇっ！　本当にこんな素敵なリボンを頂いていいのですか⁉」

そう言って彼女が箱の中から取り出したリボンは、真っ白なシルクの生地に金糸で繊細な刺繍が施され、両端にはアクアマリンがキラキラと揺れていた。

「ええ、今日のお礼に。貴女に似合うかと思って」

金色の髪に水色の瞳のカルミアのために特別に誂《あつら》えられたものだろう。似合わないわけがない。

「よければお着けしても？」

「あ、ありがとうございます」

ヴュートはカルミアの水色のリボンを外して、自身があげた白いリボンと付け替えた。

その光景に、胸の奥がずくりと疼《うず》く。

「貴女のリボンは、神事が終わるまで僕が持っておきましょうか？」

「ええ、ありがとうございます」

胸の痛みを無視して二人に近付くと、こちらに気付いたカルミアが得意げな笑みを浮かべた。

「お姉様」

「カルミア、準備は終わったわ。……説明はいる？」

「いいえ、問題ないわ。見れば分かるもの」

勝ち誇ったようにリボンを揺らし、カルミアは部屋の中心に据えられた女神像の前に歩いて行った。

『見れば分かる』とはよく言ったものだと思いながら、ヴュートを見上げ、暇《いとま》を告げる。

「では、私はこれで帰りますね」

「……まだ敬語になってる」

クスリと笑う彼に思わずイラッとしてしまう。

「先に、帰るね」

敬語で言わないと、まるで拗《す》ねた子供のような言い方になってしまう。

「終わるまでいないの？」

「私の仕事は終わったから」

彼がカルミアに心奪われる瞬間を目の当たりにしたくない。

裏切られた時の苦しみは……あの時だけで十分だ。

「帰りに一緒に行きたいとこがあったんだけどな……」

「ごめんなさい。帰って明日の準備もしたいから」

「君が帰るなら、僕も……」

「そのリボン、終わったら返すんでしょう。……ゆっくり見ていくといいわ」

彼の言葉を遮るように視線を外しながらそう言って、神殿を後にした。

――この日の夜、怒声と共に《女神の祝福》が為されなかったと知ることになるとは、この時の私には想像もできなかった。

16、父の怒り

神殿から先に一人でシルフェン邸に帰宅し、図書室で《日輪の魔女》について調べていると執事のアンリさんに声をかけられた。

「フリージアお嬢様。お忙しいところ申し訳ありません。ご紹介したい者がおりまして、今お時間よろしいですか？」

「はい、大丈夫です」

そう言って調べていた本を机の上に置いたまま立ち上がり、向き合った彼の後ろには、メイド姿の女性が二人立っていた。

「シルフェン邸にお越し頂いた時点でお嬢様付きの侍女をご用意すべきでしたが、人選に時間がかかってしまい、ご紹介が遅くなり申し訳ありません。今日からお仕えさせて頂きます二人です。お嬢様から向かって右側がフィー、左側がレイラでございます」

「フィーです。よろしくお願い申し上げます」

「レイラと申します。精一杯お仕えさせて頂きます」

「初めまして。フリージア＝ソルトです。よろしくお願いいたします」

フィーと名乗った女性は三十代半ばぐらいで、赤銅色《しゃくどう》の髪を結い上げ、ふんわりとした柔らかい笑顔で微笑んでいた。

対してレイラと名乗った女性は二十代前半ぐらいで背が高く、切長の瞳に口元をキリッと引き結び、礼などの所作も〝凛々《りり》しい〟という言葉がふさわしい印象だ。

——なぜ、この人が侍女を……!?

会うのは今日が初めてだが、このレイラと名乗った女性を私は一方的に知っていた。

「あの……」

コンコンコン。

その時、図書室のドアがノックされた。

「アンリ様、ソルト公爵様がフリージアお嬢様に会いたいといらっしゃってますが……」

「ソルト公爵が？」

「はい、ものすごい剣幕で、お嬢様を『早く連れてこい』……と」

そう報告してくれたメイドは顔色が明らかに悪く、これは父の機嫌が相当悪いのだろうと容易に推測できた。

そういえばアカデミーでカルミアから、お父様から話があるから屋敷に寄るように、というようなことを言われたっけ。

どうせカルミアの課題を押し付けられるだけだろうと思って無視したのだが、先触れもなくここまで乗り込んでくるとは……。自分の父親の常識のなさが恥ずかしい。

「フリージアお嬢様、お会いになられますか？」

「はい？」

会わないという選択肢があるとは思わず、アンリさんに聞き返してしまった。

「もうすぐご夕食の時間ですし、無理にお会いにならなくてもよろしいかと。私が対応いたしましょうか？」

「いえ、でも……」

「フリージアお嬢様は、いずれシルフェン公爵夫人となられるお方。そしてここはシルフェン家です。主人が不要と思った際の対応は私がいたします」

同じ公爵家といえど、格も歴史も違う。

先触れもなく来た上に、怒鳴り散らす気満々なソルト家の無礼は、シルフェン家では許されないということだろう。

「……お心遣い感謝いたします。でも、いずれは解決しなければいけませんので私が参ります」

「まだヴュート様がお戻りでございませんが、お一人で行かれますか？」

彼はきっと今頃、カルミア達と楽しくお茶をしているのではないだろうか。

「ええ。一人で参ります」

「では、私達もご一緒に」

そう言ってフィーさんがにこやかに言ってくれた言葉に勇気をもらって、応接室に向かった。

「失礼いたします。お待たせして申し訳ありません」

後ろからレイラさんがティーセットの載ったワゴンを押して入ってくる。

こちらが挨拶したにもかかわらず、父は窓の前に立って外を眺めていた。

明らかな不機嫌なオーラが漂い、ため息をつきたくなる。

呼びつけたくせに無視とは……。

そう思いながら父の立っている窓際に近寄り、再び声をかける。

「お父様、大変お待たせして申し訳ありません。本日はどのような……」

その瞬間、左頬に衝撃が走ったと同時に破裂音が聞こえ、一瞬目の前が白くなる。

くらりと眩暈がして身体のバランスが崩れ、床に倒れ込みそうになるところを誰かに支えられた。

「お嬢様！」

耳元で聞こえたその声に、レイラさんが抱き止めてくれたのだと気付く。

「フリージア！　あんなことをしでかしておいて、よくもまぁ堂々と私の前に立てたものだな！」

「あんな……こと？」

「神事だ！　わざと失敗しただろう⁉」

「……何を言って……」

ジンジンとする左頬に手を当てながら、父を見上げた。

「そんなにカルミアが憎かったか？　今日はヴュート殿も一緒だったそうだが、カルミアに心奪われる姿をそんなに見たくなかったか？　そんなことで自尊心を満たして満足か⁉　そんな卑《いや》しい心だから誰もお前を好きにならんのだ！」

ざわり、と足の先から不快なものが駆け上がり、呆然と父を見た。

今、父は『誰もお前を好きにならない』と言った。

そんなこと分かっていた。

家族で出かける行事に私はいつも行けなかった。

食事もほとんど別々で、たまに一緒になった時も会話は私には入れない内容ばかり。

私が話しかけようとすると、父はいつも鬱陶しそうにこちらを見て、去っていった。

好かれていないことは分かっていた。

それでも、言葉にされなかったことに唯一……縋り付いていた自分に気付く。

ただ、父に笑いかけてほしかった。

優しく名前を呼んでほしかった。

「何か言うことはないのか」

そんな希望を叩き潰すように、父は冷ややかに私を見下ろし、彼の中で〝唯一〟の可愛い娘、カルミアが恥をかかされたことに憎しみを滾《たぎ》らせた瞳で私を見ていた。

「ソルト公爵……私は、いつも通りの手順でやりました」

「なんだと?」

あえて父とは言わず、公爵と呼ぶ。

そうよ……自分らしく生きていくって決めたじゃない。

愛してくれない家族に執着したりしないと。

私の人生を歩いていくと決めたはずだ。

傷付き、諦め、耐え忍ぶばかりだったあの家を出て、温かいこの世界で緩んでいた自分に気付く。

こんな男、父親などではない!

「……私は、いつも通りやりました。それにもし、何かミスがあって女神の祝福が為されなかったのだとしたら、もう一度準備段階から見直しをすればよかったんです」

レイラさんの腕の中から立ち上がり、彼の前に立つ。

「貴様は先に帰っただろう！」

「カルミアは、『自分もできる』と言っていました」

「カルミアはまだ十五歳の子供だぞ！」

「私は十一の時から、カルミアの神事の準備をすべてしてきました！」

「……っ！　生意気な！」

「いい加減、カルミアを甘やかすのはやめられてはいかがですか？」

そう言った瞬間、彼が振り上げた手に身構えるも、その腕はレイラさんに掴まれ、振り下ろされることはなかった。

「おやめ下さい。ソルト公爵様」

「離せ、侍女風情《ふぜい》が。邪魔をするな！」

「いいえ、離しません」

父の剣幕にも一切引かないレイラさんに苛立ったのか、父が《炎の紋》を描いたのが見えた。

こんな場所でそんなものを発動するなど、正気の沙汰ではない！

しかも、私が彼を煽《あお》ったのに、レイラさんを巻き添えにするわけにはいかない。

「やめて下さい！」

思わず飛び出してレイラさんの前に立ち、《氷壁の紋》を描くも、一拍遅かったことに気付く。


――これでは防ぎきれない！


炎が氷壁を突き破るのを想像し、目を閉じるも……何も起きなかった。

恐る恐る目を開けると、目の前には父ではなく……

「ソルト公爵……これはどういうことでしょう」

背後からでも分かるほど怒りを湛えたヴュートがいた。


「ヴュ……ヴュート殿……」

「ご説明を」

いつの間にか、私の背後にいたはずのレイラさんに抱えられるように抱きしめられ、彼女の肩口から見えるのはヴュートの背中だけ。

けれど、レイラさんが持ち上げていたはずの父の腕はヴュートの手が捻り上げていた。

「フリージアお嬢様、大丈夫ですか？」

「え、あ……はい」

心配そうに私を覗き込むレイラさんの瞳は不安げに揺れている。

「レイラ……フリージアをソルト公爵の手の届かないところへ……」

こちらを振り向かず、そう言ったヴュートの声は低く、恐ろしいほどの怒気を孕《はら》んでいる。

「お嬢様、こちらへ」

案内されるまま離れたソファに座ると、アンリさんが氷嚢《ひょうのう》を渡してくれた。

「ありがとうございます」と受け取り、左頬を冷やした。


「――ソルト公爵、説明を」

「説明も何も、ヴュート殿はご存知でしょう！　今日の神事が失敗したのはフリージアのせいなのですぞ！　カルミアは皆の前で恥をかかされたと泣きながら帰ってきて、部屋から出てきません！　カルミアの聖女の衣装もフリージアがダメにしたと報告を受けております！　大事な神事を邪魔するなど、捕らえて審問《しんもん》されるべきです！　この神事が執り行えなかったことで国にどれだけの被害が出ると思っているのですか！」

「それが、ここでフリージアに火炎魔法を放つ理由になるとでも？」

「私が火炎魔法を放ったのは、そこの侍女にです！　娘の躾を侍女如きに邪魔をされるなど！」

「躾……？」

父の腕を捻り上げたまま、ヴュートがこちらにチラリと視線を寄越した。

目が合った瞬間、彼の目が冷やしている私の左頬に注がれたのが分かった。

「っ……！」

父の小さな呻《うめ》き声が聞こえ、ヴュートが父に視線を戻す。

「……手を上げたのですか……？」

「……これっは……我々親子の問題です！　フリージアを甘やかした結果、今回の問題が起きたのです！　ヴュート殿！　腕……腕を離しなさい！」

さらに捻り上げられた腕に痛みを訴えるが、ヴュートは取り合わない。

「……神事は無事に行われましたよ」

「……は？　しかし、カルミアは……」

ヴュートのその言葉に私も目を見開く。

「カルミア嬢が神事を行った際、一瞬、女神像の真下にある紋が淡く光ったのです。天井のステンドグラスはなんの反応もありませんでしたがね」

それでは神事を行えたとは言えない。

父もそれを知っているようで、乾いた笑いをこぼす。

「はっ！　ヴュート殿、貴方はご存知ないのかもしれませんが、紋が光るだけではダメなのです！　天井に描かれた紋から……」

「知っていますよ。カルミア嬢が何度祈っても反応がなかったので、神官長や神官が神具の位置確認や星見計算をもう一度してはどうかと進言しましたが、カルミア嬢はただ泣くだけで、そのまま帰って行かれました」

そう言ってヴュートはゆっくり父の腕を離す。

父は恨めしげにヴュートを睨みつけつつ、自分の腕をさすりながら言った。

「それでは神事は行われていないではないですか、何を言って……」

「私が行いました」

「母上⁉」

応接室の入り口から祖母の声がし、全員の視線がそちらに集中する。

「ヴュート殿が神官長と一緒に、神事が行えないとアカデミーにやってきたのです。カルミアが帰ってしまったから、戻ってきてもらうために星見計算をし直して、神具の位置を〝正しい場所〟に直してほしいと」

その言葉を聞いて父はほらみろと言わんばかりの顔で私を見た。

「やっぱり、わざと星見計算もすべて間違ったんだろう⁉　引退した母上まで巻き込んで、恥を知れ！　は……」

「発言にはご注意を」

ヴュートは父の周辺を取り囲むように《紋》なしで巨大な氷塊《ひょうかい》を打ちつけた。

「……っ」

「マグノリア様に神事を執り行う場所を確認して頂いた結果、『神具は正しく置かれている』ということでした。しかし、この状況でカルミア嬢に女神の祝福がない以上、彼女に再度神事を行うよう言っても来ないだろうということで、マグノリア様に神事を行って頂きました」

「……母上が？　引退したはずでは」

「ええ、カルミアに聖女としての立場も仕事も譲りましたが、私もまだ少しなら神事を行う力があります。……全盛期のようにはいきませんけどね」

祖母は自嘲するように言った。

「では！　なぜカルミアは神事を……女神の祝福を受けられなかったのですか⁉」

父は困惑しながら氷塊に囲まれた状況で祖母に喚いた。

「知りませんよ。……ただ、神事を疎《おろそ》かにしたことが問題なのではないかしら？」

「疎かに？」

「ええ、一緒だったご令嬢方に聞いたところ、神事用の衣装が破れたと煌びやかな衣装で来た上、フリージアの説明も聞かなかったと。……魔法は想いであり祈りです。神事であればなおさら。紋の意味を理解し、なんのために女神に祈りを捧げるのか、『見れば分かる』と言ったカルミアが今回の紋の意味をきちんと理解していたのか……」

祖母がそう言うと、父は口を噤《つぐ》んだ。

「し……しかし衣装はフリージアが……」

「フリージアがソルト家を離れてどれだけ経っていると思うのです？　直前に衣装の確認をするほど杜撰な扱いをしているのですか？　前もって準備をすれば衣装が破れていても一日もあれば代わりは用意できます。『明日の準備は寝る前に』、そんなの子供でも分かっていることですよ。カルミアはできて当然でしょう」

「……母上……？」

今まで祖母がカルミアを批判したことなどあるだろうか。

父が困惑するのも当然だろう。

私ですらこれが現実とは思えない。

「なんです？　貴方がすべきことはここでフリージアを責めることではありません。帰ってカルミアと話すことがあるでしょう？」

「ぐ……っ。し、失礼する！」

　苦虫を噛み潰したような顔をして氷塊の隙間からドアのほうに向かい、ヴュートの横を通り過ぎようとした父だが、ヴュートに腕を掴まれビクリと肩を揺らす。

「――ソルト公爵。お帰りはまだですよ？」

「な、……何を！」

　先ほどの氷塊魔法で己との力の差を見せつけられたのか、父の顔は血の気が引いて真っ白になっている。

「フリージアに謝罪を」

「は!?　な……なぜ私が謝らねばならんのです！　そもそも……フリージアが神事が終わるまで神殿にいて、カルミアが神事を無事に行うのを確認しなかったことがいけないのです！　カルミアが意味を理解していなかったとしても、フリージアがそこにいて再度説明すれば今回の問題は起きなかった！」

　死んでも私に頭を下げたくないのだろう、ヴュートとの力の差を見せつけられてもなお、彼に食ってかかるなんて、そのメンタルはある意味尊敬だ。

「まだそんなことを……！」

ヴュートは頭一つ分上から見下ろしながら、彼の腕をさらに締め付ける。

「……ヴュート、ソルト公爵を離して」

「ジア⁉」

「反省する気持ちなんて微塵もないのに、言葉だけの謝罪なんていらない。……欲しくもない！」

そう言って父の前に進み出ると、父はさらに不愉快そうに顔を歪めた。

「はっ……シルフェン家に来て気が大きくなったか？　誰に対して言ってるん……」

父の言葉が終わらないうちに、その左頬を引っ叩《ぱた》いた。

パンッ……と、乾いた音が室内に響く。

「これでおあいこです。当然私も謝りませんよ。……これで……」

これで本当に、〝終わり〟だ。

ジンジンとする右手を隠すように下ろし、父を睨みつける。

「きさっ……ま」

怒りの形相に充血した目で私を睨みつけるも、ヴュートに腕を握られた父は身動きできず、悔しそうに歯軋《はぎし》りをするだけだった。

「何が謝らないだ！　何様のつもりだ！」

私に叫ぶ父をヴュートは冷ややかな目で見て一瞥し、

「……アンリ、ソルト公爵をお見送りしてこい」

そう指示を出すと、父はシルフェン家の警備騎士達に引きずられるように連れて行かれた。

「放せ！　私を誰だと思っている！」

玄関のほうに連れて行かれながら、大声で騒ぎ立てている〝彼〟に、もう何も感じない。

「ふざけるな！　フリージア！　勘当《かんどう》だ！　お前のような人間はソルト家にはいらん！　何をいい気になっているのか知らんが、ソルト家から出れば貴様はシルフェン家の婚約者でもなんでもない！　後で謝ってもここにも、ソルト家にも帰ってこられると思うなよ！」

もう姿は見えない父の、声だけが屋敷にこだまする。

勘当？

結構だ。

ソルト家から絶縁され、婚約解消でシルフェン家を出されようとも、アカデミーで奨学金を借りて学生寮に入ることだってできる。

平民や留学生のために、勉強しながら働ける仕事を募集する掲示板もアカデミーにあった。

優秀な人材を輩出するウォーデン国立アカデミーならば短期の仕事でも引く手数多《あまた》だと聞いている。

「ジア、大丈夫?」

無意識に握りしめていた私の右手にそっと触れ、ヴュートが覗き込むように言った。

「だ、大丈夫です。騒ぎを起こして申し訳ありません。シルフェン家の皆様にもご迷惑を……」

「ジアのせいじゃないよ」

違う。私のせいだ。

いつものように素直に謝れば父はそれで納得したのかもしれない。

そもそも、カルミアの伝言通り父の言葉に従ってソルト公爵家に行けば父が乗り込んでくることもなかった。

……でも、これが限界だ。限界だった。


そっと、ヴュートがハンカチを私の口元に当てる。

「血が……口の端が切れてる……」

何かを堪えるように、彼のダークブルーの瞳が揺らいでいる。

確かに血の味が口の中に微《かす》かに広がっている。

「ありがとう……。父……ソルト公爵も、血が出てた……かな?」

「君の細腕では、跡も残らないよ」

眉間に皺を寄せながら、困ったようにヴュートがふっと笑う。

「ふふ……そうかも……」

そう笑いながらも目の前のヴュートがボヤけ、口の中に塩気が広がる。

「……あれ……？　今さら頬が痛くなってきたの……かな」

いつの間にか頬を伝うものを……〝終わり〟にした気持ちへの最後の涙を、私はそう誤魔化すことしかできなかった。

17、カルミアの誤算

「あぁもう！　なんで女神の祝福が為されないのよ！　計画が台無しじゃない！　今まで失敗なんてしたことないのに！」

今日は人生で最高の日になるはずだったのに。

私に見惚れたヴュート様の顔を姉に見せつける予定も、惨めに俯く姉を見る予定も全部台無し。

ヴュート様の前で神事が上手くいかず、泣きながら帰るハメになった。

あまりに腹が立って今日は夕食も食べる気にならなかった。

「カルミアお嬢様……落ち着いて下さ……」

「うるさい！　マリアも出て行って！」

手元にあった花瓶を侍女のマリアに投げつけ、部屋から追い出す。

その後も部屋中のものを手当たり次第投げては壊すも、一向に気分は晴れない。

「お姉様がわざとやったのよ……。私にヴュート様を取られるのが嫌で……」

綺麗に磨かれた爪を噛みながらそう呟くと、父がノックもなしに突然ドアを開けた。

「カルミア！」

「お父様⁉」

見たこともないほどの剣幕で部屋に入ってきた父に、思わず抗議の声を上げる。

「お前、今日の神事の説明をフリージアから聞かなかったそうだな」

「はぁ？」

そんなのいつも聞いていないに等しい。

祈りの前に姉が何か説明しているけど、ちっとも理解できないので、返事だけして、内容なんて右から左に抜けている状態だ。

「今日はお前の代わりに母上が神事を行ったそうだ」

「なんでお祖母様が……。今日神事が上手くいかなかったのは、お姉様がわざと星見計算や神具の位置を……」

「それに関しては、何も間違いはなかったそうだ」

「そんな……だったらなぜ……」

絶対姉のせいだと思っていたのに、神事が執り行われたことに驚かざるを得ない。

「母上は、お前の〝神事に臨む姿勢〟に問題があったのではと言っていた」

そんなもの、いつもとなんら変わらなかったはずだ。

私の仕事はただ祈るだけ。

それだけだ。

「いいか、カルミア！　お前が聖女であることで年間どれだけの補助金が出されているか分かっているのか？　八億レニーだぞ？　どうして自分がいい暮らしができているのか考えろ」

「何を言ってるの、私のおかげは当然だけど、お父様の宝石事業がうまく行って領地経営だって好調だからでしょう？」

「そんなもの、いつどうなるか分からん！　今日シルフェン家で帰り際にあの執事が……チッ、なんでもない。とにかくよく考えろ」

私の反応にイラついた様子で、父が舌打ちをする。

いつもは私にこんな態度絶対取らないのに。あの出来損ないの姉のせいだと、心の中で罵る。

「いいか、今後は神事は準備から自分でしろ。来月の神事は失敗などできんぞ！」

「無理よ！」

思わずそう叫ぶと、父がピクリと片眉を上げる。

「無理じゃないだろう？　カルミア、お前には聖女の作法を教える専門の家庭教師がいたはずだ。フリージア如きにできて、お前ができないはずがない」

「……それは……」

確かに家庭教師はいた。

けれど、そんなのは母に言って何年も前にクビにしたのだ。

そのことは父にも言ったような……言わなかったような……。

もう記憶も曖昧だ。

だって私には便利な姉がいる。

全部姉にやらせるのに、勉強に時間を割くなど無駄だ。それならお茶会に行ったり、お買い物に行ったりしたい。

私だって暇じゃないのだ。


その時、名案が頭に浮かんだ。

今日神事の引継ぎをしにきた三人の令嬢達なら喜んで手伝うことだろう。

そもそも、そのために今日、神殿に入れてやったのだ。

「……大丈夫よ、お父様。来月は完璧にやってみせるから」

そう微笑むと、父は安心したようで、「さすがカルミアだな」と笑って出て行った。


「マリア」

「はい」

外に出していたマリアに声をかけ、部屋に入れる。

「さっぱりしたいからお風呂の準備をして」

「かしこまりました」

私の機嫌が直ったのを見たマリアは、ホッとしたようで、入浴のために私のドレスを脱がしたり、小物を外しながら声をかけてくる。

「本当に素敵なリボンを頂きましたね」

アクアマリンの付いた白いリボンをマリアが丁寧に外し、鏡台の上のケースに収める。

「うふふ。ヴュート様ってセンスもあるのね。毎日着けたいけれど、飾りが繊細だしアカデミーで落としたりしたら嫌だから、特別な日だけにするわ。明日からまたいつものリボンにして。あのリボンはヴュート様から返して頂いた？」

「はい、神殿からの帰り際にお預かりしました」

そう言って、マリアがいつもの水色のリボンも片付けたのを確認して、お風呂に向かった。

＊　＊　＊

「ジア……落ち着いた？」

下から覗き込むようにヴュートが渡してくれた温かなココアを一口飲むと、ほっと身体が緩んだ。

「ええ、ご迷惑をおかけして、本当に申し訳ありません」

「迷惑だなんて全然思ってないよ」

困ったように眉根を寄せ優しく微笑む彼に、申し訳なさでいっぱいになる。

「……助けてくれて……ありがとう」

あの時ヴュートの魔法が間に合わなかったら……と考えるとゾッとする。

「……守れなかったよ」

そう言って苦しそうに私の頬に彼の右手が触れる。

「でも……」

「ここはシルフェン家で、僕のテリトリーだ……。君が怪我をすることなど……っあってはならない。謝るのは僕だよ」

今彼は、婚約者である私をきっと大切に思ってくれている。

彼の言葉が責任感からくるものだとしても、痛々しく濃紺の瞳を揺らす様に胸が締め付けられる。

「……アンリさんは対応しなくていいと言ってくれたのに、それでも父に会ったのは私が決めたことだから。……それから、レイラさんを責めないでね……」

「え？」

ヴュートが目を見開く。

「……王国騎士団の……方でしょう？」

「なんで知って……」

やっぱりそうだった。

自己紹介の時にそう名乗らなかったからには、私には知られたくないのだろうと思ってあえて触れなかったのだ。

国営新聞で少なくても月に二回は組まれる騎士団の特集では、ヴュートの活躍が中心に書かれることが多かったが、同僚の騎士達に関する記事もあった。

マクレンじゃないけれど、私もヴュートの記事を切り抜いてはノートに貼り、会えない時間を埋めるように何度も眺めていたから、一緒に写真に写っていたその女性にも見覚えがあった。

「以前、新聞で見て……なんだったかしら、火を吐くトカゲの……」

「……サラマンダー？」

「そう、それ。その討伐の時の写真に一緒に写ってたから」

そう言うと、彼は小さくうなだれた。

「……そうか……」

「きっと、こっそり守ってくれるつもりだったんでしょう？　ありがとう」

「護衛、って言うと身構えちゃうと思ったからね」

顔を上げたヴュートはにこりと笑って答えた。

でも、その笑顔には、どこか不自然さを感じる。

「？……ヴュート？」

「じゃあ、レイラに今後は堂々と護衛に専念するよう伝えてくるよ。……ジアは今日はゆっくり休んでね」

サッと立ち上がりドアに向かって行く彼のポケットから、水色のリボンが覗いているのが見えた。

――カルミアのリボンだ。

今日の神事の前、カルミアにリボンをつけてあげていたヴュートの笑顔を思い出す。

「……まだ返していなかったのね」

「え？」

私の呟きを聞き取れなかったヴュートが振り向くが、笑って誤魔化す。

「ううん、今日は本当にありがとう……」

私のその言葉にヴュートはにこりと笑って出て行った。


――彼が《聖剣》を手に入れ、名実ともに最強の騎士、《英雄》となるには《聖女》カルミアと一緒に《魔竜》を討伐することが必須条件だ。

《聖女》であるカルミアの浄化魔法が彼の討伐を成功に導いたのだから。

どんなに、今、彼が婚約者の私のために心を砕いていてくれるとしても、それが現実。

彼の夢にはカルミアが必要だ。

――私ではない。

書き下ろし
番外編

恋に落ちたカルミア

~回帰前の世界で~

「面倒臭……」

ガタゴトと揺れる馬車の中で、お気に入り水色のリボンをくるくると弄びながら、思わず不満の声が漏れる。

「何か仰いましたか？　カルミア様」

「いえ、早く着かないかなって。いつも国のために戦って下さる騎士団の方にお会いしてお礼を言いたくて」

ふふ、と笑いながら想ってもいない言葉を紡ぐ。

目の前に座った神官は、「騎士達の喜びもひとしおでしょう。もうすぐ着きますので、是非彼らに声をかけてやって下さい」と顔を綻ばせた。

王都にある自宅から馬車に揺られてはや一週間。

ウォーデン王国の東の奥地にある森は、月に一回の神事の力が及ばす、魔素溜まりができているという。

そのため二年前から王国騎士団が魔物の討伐に派遣されているのだけれど……。

なんにもない森の奥地に行くだなんてただ面倒臭い。

十五歳になった途端、孤児院の訪問だの、やれ貧民街での奉仕活動だ、騎士団への慰問だと各地での《聖女》の活動を求められるようになった。

社交界デビューをする十五歳と同時にそういったことが増えるとは聞いていたけれど、全っ然楽しくない。

パーティーに行ったほうが男の子はチヤホヤしてくるし、羨ましそうな、悔しそうな令嬢達の顔を見るのはとても気分がいい。

それでも私の機嫌を取るように近寄ってくる女の子も滑稽だけど、仲良くしてあげてもいいかなと思うので、話をしてあげている。

それに比べて、孤児院や貧民街は『聖女様』と呼ばれ、馬車の中から微笑むぐらいはいいけれど、近寄りたくはない。私は下々の人間が声をかけていい存在ではないんだもの。

孤児院や貧民街への訪問は一日で終わるけれど、今回の遠征は目的地に着く前から、すでに馬車に揺られる時間の退屈さにお腹いっぱいだった。

片道一週間なんて最悪以外のなんでもなく、次からは仮病を使って断るか、代わりに姉に来させようかしらと見飽きた森の風景をぼんやり眺めながら考えた。

そもそも私はこんなところで、汗臭い騎士団など訪問している場合ではないのだ。

「そういえば、カルミア様の社交界デビューは大変素晴らしかったとか。神殿にお祈りに来られる方々が口を揃えて仰っていましたよ」

「いやですわ、神官様。私なんて、まだまだ……」

タイムリーな話題を振ってきた神官にそう言いながらも、社交界デビューしたパーティーでは、誰よりも注目されていたと自負している。

煌びやかな王宮で、誰よりも美しいドレス。

美味しい料理に、キラキラと輝くカクテル。

私が口にしたカクテルにはアルコールが入っていなかったけれど、それでも気分は高揚していた。

それに、お父様がそろそろ私の婚約者を決めたいと言っていたから、社交界にたくさん顔を出したいし、求婚書はたくさん来ていると言っていたけど、その中に私に釣り合う男の子はいなかった。

この国の王太子はすでに正妃がいるし、父は『側室からでも、正妃になることはできる』と熱く語っていたが、私にそんな気は微塵もない。とうに三十をすぎた王太子は私から見たらただのオジサンだし、顔もまったく好みじゃない。

三大公爵家の一つであるセリテル公爵家の嫡男は、確かお姉様と同い年で、こないだパーティーで会った時はまぁまぁかっこよかったように思う。

隣国のウィンドブルに年の近い王子がいると言っていたので、そこに嫁ぐのもいいとお父様は言っていたけど、お母様が私と離れたくないと反対した。

お姫様も悪くないけど、私だって言葉も知らない国に嫁ぐよりも、暮らしやすいここで、のんびり優雅に暮らしたい。《聖女》ってだけでいい暮らしだし、そこにセリテル公爵夫人としての箔がつけば十分だわ。

そんなことを考えながらあまりの退屈な景色と揺れに瞼が重たくなってくるのを感じ、そのまま寝てしまった。


「……ミア様！　カルミア様！」

「……ん……着いたの……？」

私を呼ぶ声に、微睡《まどろみ》から引っ張り出された。

いつの間にか止まっていた馬車の中で神官が心配そうにこちらを覗き込んでいる。

ぼんやりする視界に、このまま眠っていたくて、「馬車に酔った」とでも言って寝てしまおうかという誘惑が頭をよぎる。

「ええ。今馬車の前に騎士団が整列しており、カルミア様のお迎えの準備が整ったようです」

「そう……」

気だるさを隠さずに答えると、侍女のマリアが髪や化粧を整えてくれながら、「起きられますか？」と心配そうに声をかける。

「大丈夫よ。行きましょう」

んーっ！　と伸びをして笑顔で席を立ち、馬車の出口に向かった。

さっさと顔だけ見せて早く王都に帰りたい。

そういえば先週注文していたドレスはできているかしらと思いながら、御者《ぎょしゃ》がドアを開けるのを待った。

開けたドアの向こうには騎士の礼を執り、片膝を突いて頭を下げたままの男性達が綺麗に整列している。

「こちらが聖女カルミア＝ソルト様だ。魔物討伐の最前線で戦う騎士団の労を労《ねぎら》いたいと足を運んで下さった」

そう言った神官の言葉に、騎士達はより深く頭を下げた。

……あぁ、なんて気持ちがいいのかしら。

こんな景色が見られるのは、私と王族ぐらいかしら……。

いいえ。

私には神官長ですら膝を折る。

国という枠を超えて、国王陛下よりも多くの人間が頭を下げるのだ。

——私が、一番尊い。

「カルミア嬢。初めまして、私は王国騎士団長のアシュラン＝キリウスと申します。遠路はるばるこのような地まで足を運んで下さり、御礼申し上げます」

その時、一番近くにいた、大柄で熊のような体躯の男性がこちらを見上げて言った。

ムサイ男。これだから騎士は嫌なのよね……。

そう思いながらも笑顔で応える。

「こんにちは、カルミア＝ソルトです。国民のために戦って下さる騎士の方にお会いできて嬉しいです」

「光栄です。今日はこの者がカルミア様のご案内を、させて頂きます。ヴュート、前へ」

団長に促されて前に出てきた男性を一目見て、呼吸が止まった。

サラサラの黒髪に、キラキラと輝くダークブルーの瞳。

身長はさっきの熊騎士団長とほとんど変わらないのに、スラリと伸びた体躯はいつまでも見ていられるほど完璧なバランスだ。

整った顔立ちは、天使様の彫刻よりも美しく、えも言われぬ色気を纏っている。

「初めまして。ヴュート＝シルフェンと申します。お会いできて光栄です」

「初めまして。……ヴュート様」

大切なものに触れるかのように優しく取られた手の甲に、手袋越しの敬愛のキスが落とされた。

その時、体に電気が走ったかのように、ビクリと体が震えた。

「……カルミア嬢？」

少し驚いたように、こちらを下から見上げた彼の双眸《そうぼう》と視線が絡む。

「あ、ご、ごめんなさい。こんなに大勢の騎士の方に囲まれるのが初めてで、緊張してしまって……」

誤魔化そうとすると、クスリと微笑んだ優しい瞳にさらに胸が締め付けられた。

「どうぞ楽になさって下さい。今は近くに魔物もおりませんし、騎士達も強面《こわもて》に見えますが、いつ貴女に声をおかけしようかと緊張しているだけですから」

「まあ、ふふふ」

それは分かってる。さっきから感じる視線はいつも男の子達から注がれる視線となんら変わりない。

「では、駐屯地の案内をお願いしてもよろしいでしょうか」

彼の目を見つめながら、渾身《こんしん》の笑みを浮かべ手を差し出した。

「もちろんです」

そう答えた彼のエスコートに、私は身を任せた。

――「で、こちらが討伐した魔物を保管しておく場所です」

ニコニコと、分かりやすく説明してくれるヴュート様に、討伐した魔物が見たいと言うと、大きな天幕に案内された。

彼と私の後ろにはさらに二、三人の彼の部下がついている。

そっと開けられた天幕の中をチラリと覗くと、ツノの生えた銀色の狼《おおかみ》から、大きな怪鳥に、真っ赤な熊、といろいろな魔物が一体一体丁寧に並べられていた。

「こ、怖いですわ。ヴュート様」

そっと、彼の腕に胸を押し付けるも、彼は少し驚いたようにしただけで、頬を染めるでもなく、照れるでもなく、またクスリと笑う。

「大丈夫ですよ。すべて死んでいますから」

「でも、魔物なんて初めて見るので」

なんだろう。

この手ごたえのなさ。

まるで小さな子供をあやすかのようなその仕草に、違和感しかない。

王都ではどんな男の子も、先日会ったセリテル公爵家の嫡男マークス様だって、ちょっと微笑んだだけで顔を赤く染めていたのに。


その時、ふと何かが引っかかる。

ヴュート様は〝シルフェン〟と名乗ったけれど、聞いたことがあるような……。

王国騎士団の副団長という立場であれば、多少身分が低くても私の旦那様としては十分だし、仮にすでに婚約者がいようと《聖女》の私の障害にはならないけれど……。

その時、ハッと父の取引相手が『シルフェン公爵家』であったことを思い出した。

じゃあ、ヴュート様は次期公爵でありながら、王国騎士団の副団長!?

そして何よりこの美貌。どれだけの社交界の女性が羨ましがるだろうか。

もう、神殿の鐘の音しか聞こえない。

晴れた空の下、虹色に輝くステンドグラスから光の差し込む神殿で、永遠の愛を誓うのだ。

そんなことを思いながら彼の顔を見上げてその美しい横顔にドキドキしていると、「あの……」と、声をかけられる。

「は、はい」

何かしら。

先ほどと異なり、少し頬を赤く染めた、彼が言いにくそうにしている。

これは間違いなく、私の愛らしさと清らかさに恋に落ちてしまったことだろう。

「ええと……その」

「副団長ー！　しっかりしてくれよ！」

バンっとヴュート様の背中を彼の部下が叩きながら揶揄《からか》うように言う。

「こいつ、貴女が視察に来られると聞いて一週間前からずっとソワソワしてるんですよ」

「ま、まぁ。光栄ですわ」

私の名声はこんなところにまでしっかり届いていたのねと、気分が良くなる。

「ほら、副団長殿は聞きたいことがあったんだろ」

「い、いや……」

少し焦ったようにする彼も可愛く、何を聞かれるのか期待して「なんでも聞いて下さいな」

と笑顔で返す。

すると、彼は意を決したように口を開いた。

「ええと……フ、フリージアは、元気にしていますか？」

「……は？」

なぜここで姉の名前が出てくるのか。

「彼女の手紙は僕の心配ばかりで、彼女が元気にしているのかなかなか読み取れず。彼女は……フリージアは健やかに過ごしていますでしょうか？」

大事そうに、愛《いと》おしそうに姉の名を口にする彼の様子に頭が真っ白になる。

「うちの副団長は婚約者殿の妹が来られるから、愛しの婚約者様の近況が聞けるってずっと浮き足立ってるんですよ。笑えちゃいますよね」

ウッサイ。

黙れ。

揶揄う周囲の声に苛立ちが募る。

姉の婚約者などあまりに興味がなさすぎて、家名すら覚えていなかった。

ありえない。

あんなに冴えない姉の婚約者が、こんなにかっこよくて素敵だなんて聞いていない。

「お、お姉様は……」

元気と答えるのは嫌。

私の手伝いをしていると言ったら、まるでこき使っているように思われるだろうか。

なんと答えていいか迷っていると、カンカンカン！と甲高い音が鳴り響き、周りの空気がピリっとした。

「この音は？」

「魔物が出た合図です。カルミア嬢は奥に避難していて下さい。セザール、案内を頼む」

「分かった。カルミア嬢、こちらへ」

足早に去っていくヴュート様の背中を名残惜しく見ながら、反対方向の天幕に案内された。

しばらく天幕で待っていたけれど、このセザールという人の話なんかよりも、ヴュート様が戦うところを見たい。

そうよ。見に行けばいいんじゃない。

そうと決めれば、「ちょっとお花摘みに」と言って、天幕を出た。

どこで戦闘が行われているかなんて、すぐに分かる。

煙が上がって、怒声と罵声が聞こえてくる方角に足を向けた。

少し離れたところから、ヴュート様を見つけて、彼の姿を目に焼き付ける。

「本当にかっこいいわ……」

彼の戦う姿に目を奪われて、近くに魔物がいたことに気付かなかった。

唸《うな》り声がしたかと思うと、目の前に大きなトカゲの魔物が口を開けていた。

「きゃぁぁぁああ」

悲鳴をあげつつも、とっさに氷壁魔法を……と思うけれど間に合わない。

あぁ、食べられてしまうんだわ。

そう思った瞬間、何かにふわりと包まれた感覚がして、目の前のトカゲは火だるまになって倒れた。

「大丈夫ですか？　カルミア嬢」

頭上から聞こえた、体を芯から溶かすような声に心臓が早鐘を打つ。

「ヴュ、ヴュート様」

「なぜこんなところに？　セザールは何をして……」

「わ、私が何かお役に立てないかと黙って出てきたのです！」

「お気持ちはありがたいですが、貴女に何かあってからでは遅いんです」

そう、髪をかき分けながら言った彼のなんと美しいことか。

欲しい。

彼が欲しい。

誰にもあげない。

私のものだ。

彼だって、私が婚約者のほうがいいに決まっている。